# 龍の頂上、Dr.の愛情

樹生かなめ

JN043115

white heart

講談社X文庫

目次

橘高正宗
【きったか まさむね】
清和の養父。
眞鍋組顧問。
祐
【たすく】
眞鍋組の参謀。
安部の息子のような存在。
安部信一郎
【あべ しんいちろう】
正宗の右腕であり舎弟頭。
眞鍋組組員の信望が厚い。
橘高典子
【きったか のりこ】
清和の養母。
リキ
清和の右腕。
眞鍋の虎と呼ばれる。
橘高清和
【きったか せいわ】
眞鍋組二代目組長。
氷川の恋人。
氷川
氷川諒一
【ひかわ りょういち】
清和の恋人。
明和病院に勤める
美貌の内科医。

# 人物紹介

京介
【きょうすけ】
ホストクラブ・ジュリアスの人気ホスト。ショウの幼馴染み。
サメ
眞鍋組の諜報部隊トップ。
ショウ
清和の舎弟。
眞鍋組の特攻隊長。
吾郎
【ごろう】
清和の舎弟。
卓
【すぐる】
清和の舎弟。
箱根の旧家出身。
宇治
【うじ】
清和の舎弟。
信司
【しんじ】
清和の舎弟。
摩訶不思議の信司と呼ばれる。

イラストレーション／奈良千春《ならちはる》

# 龍《りゅう》の頂上《ちょうじょう》、Dr.《ドクター》の愛情《あいじょう》

# 1

波の上なのに波音は聞こえない。

日本刀と柳葉刀の威力を試し合っていると、氷川諒一《ひかわりょういち》は思い込もうとしたができない。映画の撮影ではないし、海上パーティの余興でもない。

船の中、昇り龍のような男と獅子《しし》のような男が命のやりとりをしていた。

双方、一歩も引こうとはしない。

どちらの男も好戦的な本性を剝《む》きだしにし、相手を屠《ほふ》ることだけを考えている。この世にあってほしくない凄絶《せいぜつ》な修羅の現場だ。

人の世で何が起こっても、夜空に浮かぶ月は変わらない。夜の海に浮かぶ船内が戦場と化しても、静かに見守っている。

……嘘《うそ》。

……嘘でしょう。

誰か、嘘だと言ってほしい。

ここは平和な日本だ。

平和ボケしている日本なのにどうして？

僕の清和《せいわ》くんが外国人と戦っている？

西欧人……に東洋人の血も混じっているのかな？

僕の清和くんより少し背が高いし、ハリウッドスターみたいなルックスだけど、僕の清和くんより恐ろしい顔……ううん、僕の可愛《かわい》い清和くんが鬼みたいに……僕の可愛い清和くんが怖い……僕の可愛い子が、と氷川は目の前で繰り広げられる頑強な男たちの戦いに愕然《がくぜん》とした。

夏の夜、サメが所有している船内で、命より大切な橘高《きったか》清和が悪鬼の如《ごと》き形相で日本刀を振り回している。氷川は専用の送迎車で勤務先から眞鍋《まなべ》組が支配する街に帰る予定だったが、急遽《きゅうきょ》、祐《たすく》の指示により横浜港に向かった。吾郎《ごろう》が運転する車で諜報《ちょうほう》部隊の船に乗り込んだのだが。

想像を絶する戦闘が繰り広げられていたのだ。

かつて二代目姐《あね》候補だった美女の怨念《おんねん》じみた復讐《ふくしゅう》により、清和が二代目組長の座を奪われ、追い詰められた時、サメの本拠地のひとつである船から再起を図った。しかし、今、精密機械や各国の調度品が無造作に積まれた船内は柳葉刀や青竜刀など、中国の凶器を手にする中華服姿の青年たちで占められていた。

サメ以下、眞鍋の諜報部隊のメンバーはひとりも見当たらない。中華服姿の青年たちと戦っているのは、清和やリキが特に目をかけている若い眞鍋組構成員たちばかりだ。

「連れて帰れ」

どうしてこんなところに連れてきた、と清和の鋭い目は氷川を守るように立っている卓《すぐる》と吾郎を咎《とが》めている。

おそらく、清和の許可を得ず、祐が卓と吾郎に命じたのだろう。姉さん女房を二代目の前に連れていけ、と。

氷川は自分が呼ばれた意味がわかっていたし、祐がこの場にいない理由もきちんと理解している。

愛《いと》しい男に抱きつき、止めようとした。

……が、飛びつくことができない。

愛しい男の日本刀と獅子のような男の柳葉刀が阻む。

「クソガキ、おかんのお迎えだ」

獅子のような若い男は尊大な目で言いながら、清和に向かって柳葉刀を物凄《ものすご》い勢いで振り下ろした。

シュッ。

斬《き》られる。

……否、斬られる寸前、清和は身を躱《かわ》した。

宋《そう》一族の総師である獅童《しどう》です、と卓から小声で耳打ちされ、氷川は背筋を凍らせた。

前々から、九龍《クーロン》の大盗賊という異名を取る闇《やみ》組織を統べる男は気性が荒く、清和と共存できないと聞いていていた。

それでも、ここまで激しかったとは。

まさしく、獅子そのものだ。

「クソガキはキサマだろ」

清和が日本刀を構えたまま言い返すと、獅童は傲岸不遜《ごうがんふそん》な笑みを浮かべた。背後に真紅に燃え盛る百獣の王が浮かび上がったような気がしないでもない。

「おかんを泣かせるな。さっさと帰れ」

「よく言えるな」

「そっちの負け」

ゲームオーバー、と獅童は横柄な態度で勝利宣言をする。未《いま》だかつて不夜城の覇者相手にここまで傲慢《ごうまん》だった男はいないのではないか。

背後では負傷中だと聞いていたショウが、ヌンチャクを手にした若い青年とやり合っていた。

「眞鍋の単細胞、おかんだぜ。おかんに怒られる前にとっとと逃げろーっ」

「宋一族の犬、うるせぇーっ。さっさとこの船から出ていけーっ」

リキは中華服姿の大男が振り回す青竜刀から宇治《うじ》を守ったところだ。足下には血まみれの短刀とともに頑強な中華服姿の青年たちが何人も転がっている。木っ端微塵《こぱみじん》に破壊された景徳鎮の壺《つぼ》や無線機の間には、ライフルや散弾銃が落ちていた。

「獅子、いい加減にしろ」

眞鍋組のトップが尋常ならざる殺気を漲《みなぎ》らせると、宋一族のトップは馬鹿《ばか》にしたように口元を緩めた。

「龍、負けを認めて逃げろよ」

「ふざけるのはそこまでだ」

「サメに見捨てられたんだ。終わりさ」

華やかな帝王が勝ち誇ったように言い放った瞬間、これ以上ないというくらいの緊張感が走った。

くっ、と悔しそうに呻《うめ》いたのは、氷川の盾となっている卓と吾郎だ。

ガラガラガラガラ、ガッシャーン、という凄《すさ》まじい破壊音がどこからともなく聞こえてくる。背筋を凍らせる銃声もあちらこちらから響いてきた。

あっという間に、船内には中華服姿の青年が増える。清和が特に信頼している舎弟たちは防戦一方だ。どんなに楽観的に考えても、サメが所有する船だとは思えない。……いや、眞鍋組の諜報部隊の拠点とは思えない。

サメに見捨てられた、という宋一族の頭目の言葉を如実に表しているようだ。

氷川にしても今日、勤務先でサメの部下であるハマチに拉致《らち》されそうになった。苦しそうな言葉が氷川の耳にこびりついている。『サメがブチ切れエスプリをこじらせた。俺たちも気持ちがわかるから止められない』と。

もっとも、清和はいっさい動じなかった。

「宋一族の言葉を信じる馬鹿はいない」

清和は顔色をまったく変えず、獅童を真っ直《ます》ぐに睨《にら》み据《す》えた。身に纏《まと》う殺気がさらに増し、日本刀の切っ先が妖《あや》しく光る。

「まだサメに見捨てられたってわからないのか」

ふっ、と獅童は鼻で笑い飛ばしながら柳葉刀を握り直す。

ハリウッドの美形スターさながらの容姿のせいか、ちょっとした仕草も芸術家が魂を込めたような名画になる。ただ、強さは本物だ。リキが周りの中華服姿の戦士を倒しながら、獅童の隙《すき》を突こうとしているが、なかなかチャンスがない。

「宋一族の二枚舌は有名だ」

「コミュ障大将、今夜はよく喋《しゃべ》るな」

「ガキ、お遊びはここまでだ」

「それ、こっちのセリフだぜ。おかんが迎えに来たんだからさっさと帰れ。おかんが怪我《けが》をしたらどうするんだ」

獅子の煽《あお》るような言葉は命令だったらしく、中華服姿の青年たちが氷川に向かっていっせいに小刀を投げた。シュッシュッシュッシュッ、と。

「姐さんっ」

「姐さん、危ないっ」

卓と吾郎が瞬時に盾になり、宋一族による小刀攻撃から氷川を守る。麒麟《きりん》が描かれた小刀が一本、吾郎の腕に突き刺さった。

グサッ。

流れる血に、氷川は声を失う。

けれど、吾郎は呻き声も漏らさず、平然とした顔で小刀を抜き取った。そうして、持ち主の男に投げ返す。

氷川以外、辺りに漂う生々しい血の臭《にお》いに戸惑う者はひとりもいない。

「宋一族の頭はカタギに手を出すのか？」

清和が凄絶な怒気を込め、日本刀の切っ先で獅童の喉元《のどもと》を狙《ねら》う。足下に転がっていた精密機械を蹴《け》り飛《と》ばしながら。

「誤解するな。うちはヤクザじゃないぜ」

獅童は清和の攻撃を躱し、隠し持っていた小刀を投げた。

ブスリ、と清和が避《よ》けた小刀が壁に突き刺さる。

「よく言う」

「クソガキ、ヤクザ経験が浅いからたいしたことがないと聞いていた。噂《うわさ》よりできるんだな。褒めてやるぜ」

そろそろ仕上げる、というふうに獅童はなんとも形容しがたい迫力を漲らせた。宋一族の狂暴な頭目は本気で不夜城の覇者を彼岸の彼方《かなた》に送り込む気だ。

「大口を叩《たた》けるのもそこまでだ」

「逃げないのなら、おかんに別れの挨拶《あいさつ》をしろ」

「そっくりそのまま返す」

「サメは俺の手下になった。この船の所有者は宋一族だ」

「ぬかせ」

眞鍋の頂点に立つ男と宋一族の頂点に立つ男の高い矜持《きょうじ》が火花を散らす。双方、引くに引けないのか。引こうとも思わないのだろう。誰かが無理やりにでも引かせるしかない。しかし、誰ひとりとして引かせようとはしない。

……僕だ。

僕が清和くんを止めるしかない。

正解がどこにあるのか、よくわからないけれど、祐くんが僕をこの場に呼んだわけはよくわかる。

祐くんがこの場にいないわけもよくわかる。

僕だ。

清和くん、もうやめて、と氷川は決死の覚悟で愛しい男の広い背中に飛びついた。ガバッ、と。

その瞬間、悪鬼の如き男がピタリと止まる。

「清和くん、駄目ーっ」

氷川はありったけの思いを込め、恥も外聞もなく叫んだ。密着している身体《からだ》から揺れる心が伝わってきた。

「……っ」

清和は顰《しか》めっ面《つら》で低く唸《うな》るが、日本刀の切っ先は獅童に向けている。燃《も》え滾《たぎ》る闘志は消えていない。

「もうやめてっ」

「帰れ」

「清和くんと一緒じゃなきゃ帰らない」

「……卓、吾郎」

連れて帰れ、と清和が地獄の覇王のような形相で命じたが、氷川は渾身《こんしん》の力を込めて腕を絡ませ直した。何があろうとも、愛しい男から離れる気はない。首に縄をつけてでも連

れて帰る。

氷川の並々ならぬ気迫が通じたらしく、卓と吾郎は同時に首を左右に振った。それでも、清和の命令は変わらない。

切羽詰まったやりとりを傲慢な若き帝王は嘲笑《あざわら》った。

「クソガキ、おかんの言う通りに帰れ」

獅童の言葉が響くや否や、割れた大きなモニター画面の後ろからひょっこりとアンコウが顔を出した。フランス外人部隊のころからサメと激戦を潜《くぐ》り抜《ぬ》けてきたという歴戦の戦士だ。

「二代目、頼む。姐さんの言う通り、兵隊を連れて帰ってくれよ。俺たちも聖母マリアの前でやり合いたくないんだ」

アンコウは散弾銃を構え、のっそりと清和に近づいた。後ろには諜報部隊のメンバーが沈痛な面持ちで続く。正確に言えば、元諜報部隊のメンバーになるのだろうか。

「……アンコウ」

清和は散弾銃の照準を合わせられても、アンコウに日本刀の切っ先を向けない。依然として、獅童の喉元だ。

「サメも俺たちも好きで二代目から去るわけじゃない。わかっているだろ」

「サメを呼べ」

「二代目、長江《ながえ》と休戦なんてせず、このまま裏社会を統一してくれ。そうしたらサメは喜んで二代目のところに戻る」

アンコウがいつになく切々とした調子で語りかけても、清和の態度はいっさい変わらなかった。

「サメを呼び戻せ」

「二代目、どうしてサメ……うちのボスがなんの力もないガキの下についたのか、あの夜のことを思いだしてくれよ。俺もボスが選んだ主《あるじ》を歓迎した」

アンコウはどこか遠い目で過去に言及した。

清和が図らずも眞鍋組の金看板を背負った時、不夜城を制するとは誰も予想できなかったという。それだけ、清和や眞鍋組に力はなかった。眞鍋組の台所は火の車だったし、若い清和に反発を抱く古参の幹部が多かったのだ。遠からず、眞鍋組は分裂し、離散するだろうと囁《ささや》かれていた。

「昔話はあとだ」

「今は出会った当時を思いだす時だぜ。俺も銀《ぎん》ダラもシャチも……みんな、ボスが未成年のクソ生意気なガキについたからびっくりした。けどさぁ、納得したし、嬉《うれ》しかった。俺のハートも熱くなったもんだぜ」

「昔話ならサメを呼んでしろ」

埒《らち》が明かないと悟ったらしく、アンコウは眞鍋の昇り龍から十歳年上の恋女房に視線を移した。

「姐さん、先ほどは失礼しました。まさか、ここに姐さんが送り込まれるとは思わなかった。魔女にやられたぜ」

アンコウの断腸の思いが、ひしひしと氷川に伝わってくる。知《し》らず識《し》らずのうちに、黒目がちな目が潤んだ。

「……アンコウくん？　どうして？」

「俺もハマチも……みんな、辛《つら》いんだ。わかってくれよ」

アンコウの背後ではライフルを手にしたハマチが控えている。氷川を拉致しようとした時より辛そうだ。

「理由を言ってほしい」

「サメは宋一族の手を借りて、二代目に裏社会を統一させるつもりだった。宋一族も協力した。だから、サメは二代目と長江の手打ちに反対している」

関西を拠点にする長江組の悲願は東京進出であり、裏社会の一本化だった。長江組が真っ先に狙ったのは、眞鍋組が支配している国内最大の歓楽街だ。

「アンコウくんも反対？」

「当たり前さ」

暴対法が施行されて以来、暴力団は従来型の抗争を避けようとしている。眞鍋組と長江組も、特定抗争指定暴力団に指定されないように水面下で熾烈《しれつ》な戦いを繰り広げた。サメが宋一族の協力を得て、長江組の若頭である平松《ひらまつ》に扮《ふん》し、独立して、一徹長江《いってつながえ》会の金看板を掲げた。すなわち、長江組の分裂に成功したのだ。平松ことサメが率いる一徹長江会は破竹の勢いで長江組系暴力団を制圧し、清和の裏社会統一は目前に迫っていた。

「清和くんを裏社会のボスにしたかった？」

「麗しのマダム、当然だろ」

「何故《なぜ》？」

「世のため、人のため。二代目は裏社会のボスになるべきさ」

アンコウは真顔で言ったが、氷川にはふざけているようにしか思えない。大粒の涙がポロリ、と零《こぼ》れ落《お》ちた。

「こんな時に冗談はやめよう」

「冗談じゃない」

「戦争は終わった」

「終わらせないでくれ。こっちが断然有利なのに終わらせる必要はない。竜仁《りゅうじん》会会長も橘高顧問もわかってないな」

清和が裏社会の頂点に立つ寸前、関東随一の大親分の仲裁により、眞鍋組と長江組の休戦が結ばれたのだ。氷川もその場に同席したが、ほっと胸を撫で下《な》ろ《お》した。ようやく、長い夜が明けたと思ったのに。

「清和くんは裏社会のボスになんてならなくてもいい。戦争もいやだ。平和が一番いいーっ」

氷川が涙声で叫ぶと、アンコウはゆるゆると首を振った。

「姐さん、頼むから二代目を説得してくれ。サメのブチ切れエスプリがこじれたら手の打ちようがない。二代目がムーラン・ルージュのダンサーに化けても無駄さ」

アンコウは一呼吸置いてから、清和に飛びかかろうとしていた中華服姿の男たちに散弾銃を発射した。もっとも、威嚇射撃だ。

「おいっ、姐さんの前でこれ以上、やるな。俺たちは全員、姐さんに弱いんだ。お前たちだっておかんには弱いだろうっ」

アンコウが大声で怒鳴った瞬間、中華服姿の青年たちはそれぞれ武器を手にしたまま苦しそうに唸った。

ショウに向けてヌンチャクを駆使していた青年の動きもピタリと止まる。リキに青竜刀を向けていた大男にしてもそうだ。

ただひとり、獅童の目つきは変わらない。

「アンコウ、言っても無駄だ。クソガキ連中を仕留めろ」

獅童は帝王然とした態度で、アンコウに清和始末の命令を下した。人の命をなんとも思っていない鬼畜に見える。

「獅童、今回、それは勘弁してくれ」

アンコウが渋面で拒否すると、獅童の鮮やかな美貌《びぼう》に狂気じみた影が走った。周りの空気も変わる。

「俺の命令が聞けないのか？」

「獅子王、俺たちを試すようなことはやめてほしい」

二代目や眞鍋衆に俺たちがどう出るか試しているんだろう、とアンコウは言外で匂《にお》わせている。

察するに、宋一族の総帥とサメ一派の間には、信頼関係が結ばれていないようだ。無理もない話だが。

「試しているつもりはない。証《あかし》を見せろ」

獅童にとって二代目組長の首が踏み絵らしい。アンコウ並びにサメ一派の忠誠心を見ようとしている。

「姐さんの前では断る。繰り返すが、俺たちは全員、姐さんに弱いんだ。泣かれたら手も足も出ない」

アンコウは必死になって視界から涙を流す氷川を追いだしている。ほかの元メンバーたちも二代目姐の涙に陥落していた。

「くだらねぇ」

「二代目にも時間をくれ。サメも俺たちも好きで二代目を見限るんじゃない。予定通り、二代目が裏社会のてっぺんに立ってくれたらそれでいい。またサメも俺たちも二代目の下に戻る」

アンコウは臆《おく》することなくサメの意志を告げた。清和の出方次第では元の鞘《さや》に収まる気だ。

「こいつには無理だろ」

獅童の言葉に続き、中華服姿の青年たちが口々に罵《ののし》った。

「眞鍋は頭の二代目からして腰抜けだ。大馬鹿野郎だぜ」

「眞鍋は弱虫と頭の悪い奴《やつ》らばかりだ。何故、休戦なんて結ぶんだ。どうせ、また長江にやられるぜ」

「長江にやられてからじゃ遅いぞ。なんのために、俺たちが大きな犠牲を払ったと思っている?」

「第一、話が違うぜ。我が一族がサメを潜り込ませるために、何人、同胞を失ったか、知らないのか?」

「眞鍋のクソガキが裏社会を統一すると信じて手を貸したんだ。詐欺だぞっ」

「ダイアナのメンツを潰《つぶ》したのは誰だ。仁義がウリの眞鍋じゃないかっ」

宋一族にもいろいろと言い分はあるらしく、それぞれ険しい顔つきで声高に非難する。サメが長江組に部下を殺されて激怒し、宋一族の協力を仰ぎ、極道にあるまじき手段で報復したのは間違いない。おそらく、宋一族の犠牲がなければ、今回の快進撃はなかったのだろう。それもこれも、眞鍋組が裏社会を牛耳《ぎゅうじ》ると踏んだからだ。

……あ、清和くんも苦しんでいる。

悩んでいる。

宋一族の鬱憤《うっぷん》もサメくんの気持ちもわかるんだ。

それでも、宋一族が許せないのか。

総師やダイアナさんに怒っているんだ、と氷川は抱きついている男が複雑な思いに苛《さいな》まれていることに気づいた。けれども、あえて言葉はかけない。当然、宋一族に反応したりもしない。

「姐さん、こちらに……足下に気をつけてください」

タイムリミット、と卓は小声で囁きながら、二代目姐が縋《すが》りついている苛烈《かれつ》な男を強引に連れ帰ろうとした。リキも潮時だと察したのか、清和と氷川を守るように立ち、鋭利な視線で促した。今は引きましょう、と。

「清和くん、行くよ。一緒に帰ろう」

氷川は渾身の力を込め、卓やリキの先導に従って歩きだした。

それなのに、清和の足は動かず、宋一族の若い支配者と睨み合っている。再び、今にも剣を交わしそうな雰囲気だ。

「………」

眞鍋の昇り龍の高い自尊心が退却を阻む。リキも理解しているから腕尽くで引かせようとはしない。

「清和くん、これはサメくんのいつものあれだよ。忍者ごっことか暴走族ごっことか変なことばかりやってきたでしょう。肝心のサメくんがいないのに長居しちゃ駄目だよ。話し合いはサメくんと直《じか》にしようね」

氷川が大粒の涙をポロポロ零しながら言うと、清和はとうとう観念したように歩きだした。年上の恋女房の涙にはてんで弱い。

「………」

「いい子だから帰ろう。いったん帰ってからゆっくり話し合おうね。サメくんへ文句を言う時は僕もついていてあげるから」

氷川は周囲には目もくれず、緊張気味の卓の指示に従って歩いた。「狐童《こどう》、クソガキもろとも全員、始末すればいいだろ」という殺意に満《み》ち溢《あふ》れた声もエンジン音に混じって聞こえてくる。トマトや生卵とともに中国語の罵声《ばせい》が飛んできても無視した。

「…………」

「僕の清和くんは優しいから恐ろしいことはしない。せっかく平和な時代の平和な国に生まれたんだから一緒にのんびりと楽しもうね。……そうだ。僕と一緒に山に登ろう。いきなり富士山《ふじさん》は無謀だけど、高尾山《たかおさん》ならなんとかなると思う」

清和が聞いているのか、聞いていないのか、確かめることもせず、氷川はひたすら口を動かした。

「…………」

「高尾山の名物はお蕎麦《そば》でとっても美味《おい》しいけど、おにぎりを作って持っていこう。サメくんたちと一緒に高尾山でおにぎりを食べたらきっと美味しいよ。サメくんのことだから高尾山の天狗《てんぐ》さんに変装するかもしれないね」

「…………」

「サメくんたちと一緒に高尾山のお蕎麦を制覇するのもいい。お蕎麦の食べ歩きはサメくんのライフワークみたいなものでしょう」

自分でも何を語っているのか、氷川もわからなくなってきたが、愛しい男の温《ぬく》もりがすべてだ。もはや、宋一族の罵声や不気味な銃声は聞こえない。

「…………」

「……うん、清和くん、いい子。僕の可愛い清和くん、お願いだから帰ろうね。今夜は諒兄ちゃんと一緒にアイスを食べよう」

氷川が愛しい男を宥《なだ》めていると、目の前に黒塗りのキャデラックが停《と》まった。運転席でハンドルを握っているのは血まみれのショウだ。

いつの間にそんなところに、と氷川が運転席の韋駄天《いだてん》に驚いている間もない。

「二代目、姐さん、乗ってください」

卓に急《せ》かされるまでもなく、氷川は清和とともに後部座席に乗り込む。リキも氷川を挟むように反対側から後部座席に乗り込んだ。

卓が助手席でシートベルトを締めると、ショウが腹立たしそうに言った。

「行くーっス」

ショウがアクセルを踏めば、これといった問題もなく、瞬く間に船内から出る。アンコウが押さえているのか、押さえていないのか、定かではないが、宋一族からの追撃はない。前後を走る同種のキャデラックには宇治や吾郎など、眞鍋組の男たちが乗っているようだ。二代目組長とともに眞鍋組構成員は全員、これで撤退できたのだろう。

当然、氷川は生きた心地がしない。ただただ愛しい男にしがみついていた。そうでもしないと、車内からSSS級の殺し屋に連絡を入れそうだったからだ。

車内には緊迫した空気が流れ、誰も口を開こうとはしない。リキはスマートフォンを操作しながら周囲を窺《うかが》っている。

瞬く間に、氷川や清和を乗せた車は地上を走っていた。すでに夜の帳《とばり》に包まれた海も船も見えない。

「……せ、清和くん……」

氷川がやっとの思いで声を出したが、愛しい男の返事はなかった。そのうえ、氷川が絡みついているのに怒気が鎮まらない。

「……清和くん……僕は……清和くん、僕がいるから……僕が……」

「…………」

「……そ、そんなに恐ろしいことを考えないでほしい。サメくんと一緒に高尾山のお蕎麦の食べ歩きを計画しよう。深大寺《じんだいじ》のお蕎麦もいいね」

殺し屋に連絡を入れないで、と氷川は心の中で頼んだ。愛しい男が危なすぎて、口に出すことも憚《はばか》られるのだ。

「…………」

「……大丈夫だよ。きっとサメくんは戻ってくる。……あ、今のサメくんならお蕎麦じゃなくてインドカレーだよね。桐嶋《きりしま》さんや藤堂《とうどう》さんも誘ってインドカレーの食べ歩きがいい」

車窓の向こう側が妙に明るくなった時、氷川の声を掻《か》き消すように、助手席でタブレット端末のモニターを眺めていた卓が言い放った。

「報告します。進行方向に宋一族の総帥が現れたそうです。散弾銃を所持している模様。眞鍋の車が五台、やられたとのこと」

卓が言い終えるや否や、前方を走っていた眞鍋の車が凄まじいブレーキ音を立てながらスピン。

眞鍋の車はガードレールに突っ込んだ。

ショウは咄嗟《とっさ》にハンドルを左に切り、巻き込まれずに通り過ぎる。氷川は清和に守られるように抱き直されたのでなんの被害もなかった。

これらはほんの一瞬の出来事だ。

宋一族のトップは船に残っていたんじゃなかったの、と氷川が口にしようとした矢先、炎上している車が見えてきた。

灼熱《しゃくねつ》の炎の中、誰かが立っている。

長身の男は中華服を身につけているようだ。

「……あの野郎」

ショウは炎の中に立つ男を確認し、忌々《いまいま》しそうに舌打ちをする。卓は真っ青な顔で声を張り上げた。

「……っ……獅子です。宋一族の総帥が散弾銃を構えています。……ヘリかバイク？……気配はありませんでしたが、先回りしたのかもしれませんっ」

宋一族を統べる獅子は凄まじい炎の中、散弾銃で不夜城の昇り龍を狙う。自身の危険も顧みずに。

「あのクソガキ、いい度胸だっ」

眞鍋が誇る特攻隊長は真正面から獅童に突っ込む気だ。このまま轢《ひ》き殺《ころ》すつもりなのだろうか。

やめて、と氷川が止める間もない。

「ショウ、やれ」

清和は止めるどころか、特攻隊長に特攻命令を出した。特別仕様車に自信を持っているのかもしれない。

宋一族の若き総帥に引く気配はまったくなかった。特別仕様車の車窓が防弾ガラスだと知っているだろうに。

「姐さんがいる。やめろ」

リキがいつもより低い声で言うと、間髪を容《い》れず、卓もタブレット端末を操りながら早口で捲《まく》し立《た》てた。

「リキさんの言う通りです。姐さんがいます。なんのために、危険を冒してまで姐さんを連れてきたと思っているのですかっ。カタギの姐さんがいながら、ここでまた戦ったらアウトです。姐さんも兵隊だと宋一族に攻撃される理由を作るだけです。姐さんを守りたいなら、ここで獅子の挑発に乗らないでくださいーっ」

卓が捲し立てるように指摘したが、宋一族の獅子王は火の粉にも身じろがず、高慢そうな笑みを浮かべている。俺を轢く度胸があるなら轢いてみろ、とまるで挑戦状を叩きつけているかのようだ。

「ショウ、獅子を避けろ」

リキの指示を血気盛んな特攻隊長は撥《は》ねのけた。

「リキさん、あんなクソガキに負けねぇっス」

清和に止める様子は微塵《みじん》もないし、リキが制しても無駄ならば、氷川がなんとかするしかない。真っ赤な目で叫んだ。

「ショウくん、やめてーっ」

その瞬間、特攻隊長の戦う姿勢が崩れた。

「姐さん、泣かないでくれーっ」

ショウはハンドルを大きく右に切り、散弾銃を構えている獅子を避けた。轟々《ごうごう》と燃え盛る車の間を進む。

獅童は散弾銃を発射しなかったし、隠し持っていただろう爆発物も投げなかった。どんな表情をしているのか、もはや確かめることもできない。

ただ、眞鍋の特攻隊長にしてみれば、勝負から逃げたようなものだ。運転席で悔しそうに歯を噛《か》み締《し》め、卓に膝《ひざ》を宥めるように叩かれている。

「……ショウくん……ありがとう……僕の清和くんと仲良しだけあっておりこうさんだね……そのまま真っ直ぐに帰ろう……真っ直ぐに……眞鍋第三ビルの近くのギョーザ屋さんには寄ってもいいから……」

氷川が涙を流しながら言うと、ショウは口惜しそうに唸った。

「……ううううう～っ、姐さん、反則っス。泣かないでくれーっ」

主と同じように血気盛んな鉄砲玉も、聖母マリアの涙には太刀打ちできない。心から敬愛している証だ。

「……ショウくん、いい子だから……帰ろうね……」

「俺まで『いい子』っスか」

「……うん、ショウくんも清和くんもいい子だから恐ろしいことはしないで……あ……燃えている車の中に眞鍋の誰かがいたの？」

確かめるのも恐ろしいが、聞かずにはいられなかった。轟々と燃え盛っていた車は、獅童に攻撃された眞鍋組の所有車だ。

「それは心配ねぇ。みんな、避難してるっス」

「……よ、よかった……」

氷川が安堵《あんど》の息を漏らすと、ショウは吐き捨てるように言い放った。

「クソガキの汚《きたね》ぇ脅しだ」

「……も、もう……恐ろしいのは全部終わり……」

横浜の夜景の幻想的な美しさに心が打たれたのか、つい先ほどまでの修羅とはあまりにも違うからか、名前のつけられない感情が一気に込み上げ、氷川の目からさらに滝のような涙が溢れた。

「……う、うわっ……泣きやんでくれっス」

「……も、も、もうっ……終わったと思ったのに……やっと終わったと思ったのに……こ、こんな……」

清和と長江組の大原《おおはら》組長の休戦で抗争の幕は下りた。長江組は悲願だった東京進出を断念すると、竜仁会の会長の前で明言したのだ。サメが平松として一徹長江会を終わらせればそれですんだのに。

予定では今日、サメは事実上の敗北宣言である引退宣言を表明するはずだった。

「卓、慰めろ」

ショウはスピードを上げながら、助手席の頭脳派幹部候補に二代目姐を託した。

「二代目、姐さんを慰めてください」

卓はタブレットを眺めつつ、仏頂面の清和に二代目姐を回した。

「……おい」

清和は地を這《は》うような低い声で注意したが、箱根《はこね》の旧家の子息は堂々と言い返した。

「二代目、誰の奥さんですか」

「…………」

「姐さんの涙の責任は二代目にあります」

「……卓」

「今日、ハマチが姐さんを拉致しようとした時点で、サメの意向はわかっていたはずです。なのに、魔女が止めるのも聞かず、二代目は兵隊を連れてサメの船に乗り込んだのです」

今回の騒動の発端は二代目組長の無謀な行動だったと、卓は険しい声音で主張した。氷川にもその場が手に取るように想像できる。

「………………」

「姐さんを連れてきたことを怒っているのはわかります。魔女も俺も吾郎も詫《わ》びを入れますが、すべては二代目が招いたことです。そう思ってください。サメの船は獅童や狐童たちが陣取っている、っていう報告を二代目は聞いていましたよね」

魔女の教育が行き届いているのか、いつになく卓の言葉は容赦がない。それだけ清和が取った行動に焦ったのだろう。宋一族の頭目や兵隊が占拠していると知りながら、船に乗り込んだのだから。

「……………」

「乗船する寸前、リキさんが止めてくれると思ったのに」

どうして止めてくれなかったのですか、と卓は暗に眞鍋の虎《とら》を非難している。

だが、当の本人はまったく意に介さず、スマートフォンを操作し続けていた。最初から会話に加わる気はないらしい。

氷川はリキを咎める気になれなかった。

「二代目、以後、魔女がお願いしたように、サメ所有の船にも工場にも……すべて近づかないでください。聞き入れてくださらないのならば、姐さんから改めて頼んでもらいます」

姐さん、と卓が口にした途端、清和の重い口が開いた。

「やめろ」

「姐さんに頼まれたくないなら聞き入れてください」

清和を抑えるためならば、卓を背後で糸を引いている眞鍋の魔女は、核弾頭と揶揄《やゆ》した二代目姐を駆使することも厭《いと》わないようだ。

「……………」

「俺たちも辛いんです。焦っています。今夜、魔女が倒れたら二代目の鉄砲玉行動のせいだと思ってください」

若いと侮られる清和を支えているのは、一騎当千の優秀な男たちだ。中でもフランス外人部隊で雷名を轟《とどろ》かせたサメの暗躍が大きい。

そのサメが眞鍋組から去ったらどうなるのか。

眞鍋組の屋台骨が崩れ落ちたようなものだ。もはや、裏社会の統一どころか、不夜城の支配も難しくなる。一晩で掌《てのひら》を返されるのだろうか。

「…………」

「アンコウたちも姐さんに弱くて助かった。二代目が選んだ姐さんに感謝します」

アンコウが乗りださなければ、収拾はつかなかったかもしれない。昇り龍か獅子、どちらかが命を落とすまで戦い続けただろう。

「…………」

「二代目、今夜は諦《あきら》めて姐さんと一緒に魔女の嫌みを聞いてください。獅童が本気だったら二代目の命は危なかったと思います」

魔女の弟子の言葉は、眞鍋の昇り龍の高い自尊心に障《さわ》ったらしい。清和は低い声でボソリと言った。

「ナメるな」

あんなガキにやられない、と清和の鋭敏な眼光は雄弁に語っている。

「二代目をナメてはいません。宋一族の獅童とはそういう男です。獅子をナメないでください」

「…………」

「二代目が昇り龍ならあちらは獅子です。獅子が単身で潰したコロンビア系マフィアの話をする必要はありませんね。コロシはしない、というのは建て前です」

車内に重々しい空気が充満しても、ショウのハンドルさばきは見事だ。リキの指示で現れた眞鍋組関係者の車やバイクに囲まれ、眠らない街に向かう。

終始、氷川は潤んだ目で愛しい男にしがみついていた。眞鍋組が支配する街までの道のりが異常なまでに遠く感じたのは気のせいではない。

## 2

無事に辿《たど》り着《つ》いた不夜城はいつもとなんら変わらない。煌《きら》びやかなネオンの洪水の中、玄人が素人に甘い夢を売っている。四川料理店や広東《カントン》料理店、火鍋《ひなべ》専門店など、中華料理店が目につくが、宋《そう》一族の匂《にお》いはしなかった。真紅のチャイナドレスで客引きしている若い美女は、眞鍋《まなべ》組資本のキャバクラのスタッフだという。

不夜城の覇者を乗せた車は眞鍋組総本部や眞鍋第三ビルではなく、極道色のない眞鍋第二ビルの駐車場に滑り込んだ。氷川《ひかわ》のためにドアを開けたのは、眞鍋組のフロント企業の代表を務めている男だ。そのまま専用のエレベーターで眞鍋組関係者でも限られた者しか入ることができないフロアに向かう。

電子ロックで開いた扉の向こう側には、純白のカサブランカが飾られた絢爛《けんらん》たる空間が広がっていた。クリスタルのシャンデリアの下、ファッション雑誌から飛びだしてきたかのような美貌の参謀が立っている。

「姐《あね》さん、怖い目に遭わせて申し訳ありませんでした」

祐《たすく》の第一声に対し、氷川は首を大きく振った。

「祐くん、謝らなくてもいい。謝る必要はない。そうでしょう」

「姐さんのおかげで二代目の命を守ることができました。感謝します」

祐に深々と頭を下げられ、氷川はなんともはや胸が苦しい。隣に立つ清和《せいわ》の鋭い目がきつく細められた。

「……そ、それでサメくん……サメくんのいつもの悪い冗談でしょう？」

氷川が食い入るような目で尋ねると、祐はスマートな仕草でロココ調の優美なソファに促した。傍らの花台にも定番と化した大輪のカサブランカが飾られている。

「俺もサメがくだらない芸人根性を発揮したのだと思いたかったのですが、どうも今回は違うようです」

祐に勧められるがまま、氷川は清和とともにロココ調のソファに腰を下ろす。

卓《すぐる》が銀のワゴンに用意されていた軽食やコーヒー、ボルドー産の赤ワインを注いだグラスを猫脚のテーブルに置いた。箱根《はこね》の名家の子息は銀食器の扱いも手慣れている。

ショウは銀の皿に盛られたサンドイッチやチーズのカナッペを両手で掴《つか》み、むしゃむしゃと食べだした。傷の手当てより胃袋を満たすほうが重要らしい。卓もわかっているから、レバーペースト入りのスフレや魚のテリーヌを盛った銀の皿もショウの前に並べた。

「……祐くん……サメくんはどうして？　……今回は何故《なぜ》？」

氷川は掠《かす》れた声で尋ねてから、コーヒーを口にした。時間帯を考慮してか、カフェインレスのコーヒーだ。

「宋一族の大幹部であるダイアナに籠絡《ろうらく》されたらしい。サメはダイアナを利用したつもりが、搦《から》め捕《と》られたようです」

宋一族のダイアナといえば、楊貴妃《ようきひ》という異名を持つ美貌《びぼう》の持ち主だという。総帥の叔父であり、後見人だ。

「……そ、そんな……」

「サメとダイアナは夫婦になったそうです」

一瞬、祐が何を言ったのか理解できず、氷川はソファから腰を浮かせかけた。

「……え？」

「サメはダイアナを嫁にもらったそうです」

祐はなんでもないことのように言い直したが、呆《あき》れていることは間違いない。卓の整った顔も盛大に引《ひ》き攣《つ》った。

「……よ、嫁？　お嫁さん？」

いくらなんでも、嫁というコードネームの部下ではないだろう。氷川は花嫁姿のサメを瞼《まぶた》に浮かべた。

……が、サメの芸人根性によるコスプレにしか見えない。

「ご存じだと思いますが、ダイアナの性別は男です。宋一族を分裂させないために女装しだしたそうですが、性根は誰よりも勇猛な戦闘兵です」

このダイアナのデータを作成したのはサメなんですが、と祐はさりげない手つきでタブレットを差しだす。

どんなに褒めても足りないような華やかな美貌がタブレットの画面に映しだされた。ダイアナは宋一族の先々代総帥と清《しん》王朝傍系の血を受け継ぎ、歳《とし》の離れた異母兄たちを刺激しないため、幼い頃から女装していたという。ダイアナがその気になれば、総帥の座を得ていた可能性が高いそうだ。しかし、宋一族の存続のため、総帥に就任した異母兄を支え続けたという。

「……いったい……サメくん……」

氷川が呆然《ぼうぜん》と呟《つぶや》くと、祐は溜《た》め息《いき》をつきながら清和に視線を流した。

「二代目、そんな目で俺を咎《とが》めないでください。姐さんが乗り込まなければ二代目は獅子《しし》の影武者と遊び続け、爆死していました。まだ気づいていないのですか？」

影武者、と口にした祐にはなんの余裕も感じられなかった。宋一族の脅威を実感しているのかもしれない。

もっとも、氷川は意表を突かれ、手にしていたコーヒーカップを落としそうになってしまう。卓は驚愕《きょうがく》したらしく銀のポットを手にしたまま硬直し、ショウは咀嚼《そしゃく》していたブリオッシュを口から零《こぼ》した。

「……影武者？」

清和も予想していなかったらしく、雄々しい眉《まゆ》が顰《ひそ》められる。

「船内で獅子に化けていたのは、宋一族の狼童《ろうどう》か鷹童《ようどう》か、どちらかだと思います。あと少し遅かったら船は爆発していたでしょう。影武者は覚悟の自爆……道連れが二代目ですから名誉の自爆です」

祐が操作したタブレットの画面には、宋一族の優秀な若いメンバーが映しだされていた。狼童にしろ鷹童にしろ、サメや銀《ぎん》ダラによる評価はとても高い。一流の情報屋のバカラにしてもそうだ。獅童《しどう》の影武者ができる男、と狼童にも鷹童にも添えられている。

「本物はあっちか」

正真正銘の獅童が誰か、清和はすぐに思い当たったようだ。すなわち、下船した後で登場した獅童のほうだ。

「はい。眞鍋の車を五台……バイクも含めて計九台、炎上させ、二代目と姐さんがお乗りになった車を狙《ねら》った男が獅子本人です。姐さんに怖い思いをしてもらった甲斐《かい》がありました」

姐さんがいなかったら真正面から抗戦していたでしょう、と祐は秀麗な美貌を曇らせて続けた。あの時、獅童が破壊力の強い爆発物を隠し持っていたことは間違いない。

「二度と女房を呼ぶな」

女房がいなければ制圧していた、と清和は好戦的な双眸《そうぼう》だけで反論した。苛烈《かれつ》な男らしいといえばらしいが、祐の気持ちはまったく届いていない。

「二代目が話の通じる組長ならば、カタギの姐さんを危険な場にお連れしたりしません」

「オフクロのところに送れ」

眞鍋組でなんらかの危険な騒動があれば、氷川は清和の養母に預けられるということが多々あった。安全を考えてのことだろう。

「姐さんを橘高《きったか》家に送り込んでどうしますか？　裕也《ゆうや》くんの保育園の送り迎えをさせるのですか？」

「女房を二度と出すな」

清和が凄絶《せいぜつ》な迫力を漲《みなぎ》らせたが、氷川は構わずに口を挟んだ。

「……た、祐くん、自爆？　船で清和くんと戦っていた宋一族の総帥は偽者っていうか影武者だったの？」

予想だにしていなかったから、まず、氷川は確かめてしまう。船内で、柳葉刀を振り回していた絶世の美青年が宋一族の若き総帥だとばかり思い込んでいた。あの圧倒的な威圧感と傲慢《ごうまん》さは、トップ以外の何物でもないと思っていたけれども。

「はい。宋一族は変装が得意な闇《やみ》組織です。総帥ともなれば代々、影武者を用意しているそうです。狼童と鷹童は獅子の縁戚《えんせき》関係にあり、背格好もよく似ているから子供の頃から影武者としての教育を受けたらしい……と、サメの報告にありました」

サメの報告、と祐の言うイントネーションには並々ならぬ毒が含まれていた。タブレット端末の画面もその画面に切り替わる。

「子供の頃から影武者としての教育？　そんな影武者教育するような大組織なんだ。その影武者が自爆しようとしていた？　清和くんを道連れに自爆？　ヤクザじゃないとか言っていたくせに自爆？」

「宋王朝の趙《ちょう》一族の血を少しでも受け継いでいるメンバーはプライドが高い。宋一族のためと思えば、名誉の自爆も厭《いと》わないでしょう」

宋一族の祖先は宋王朝傍系の皇子だという。宋王朝の滅亡の際、血を残すことだけを課せられた一族だったと記されている。

「……そんな」

「二代目と互角に戦ったのならば、腕の立つ狼童かもしれません……たぶん、姐さんも獅子を直《じか》に見ていれば影武者だと気づいたはずです」

氷川は自分でもわけがわからないが、一流と目されている情報屋や工作員の変装を見破ることができた。今回も事前に宋一族の若い頭目を知っていたら、影武者だと見破っていたかもしれない。

「……後で現れたのが本物の総帥？　……よくわからなかったけれど、笑っているような気がした……」

車内から見た炎に包まれた長身の男には、なんとも形容しがたい不気味さがあった。ショウに轢《ひ》き殺《ころ》される可能性が高かったのに、微塵《みじん》も怯《おび》えていなかったのは間違いない。

「獅子ならば笑っていたでしょう。笑いながら散弾銃を構えていたはずです」

「……恐ろしい」

氷川が恐怖で身体《からだ》を竦《すく》ませると、祐はにっこりと笑った。

「ご安心ください。姐さんの愛《いと》しい男も恐ろしい男ですから」

「祐くん、安心できるわけがないでしょう」

「俺は今、二代目の無事な顔を確認して安心しています。繰り返しますが、姐さん、二代目とショウを止めてくださってありがとうございます」

いつになく、不夜城を震撼《しんかん》させる魔女がしおらしい。端麗な美貌は損なわれていないが、疲弊していることは確かだ。

「……祐くん、とっても疲れているね。いつもの祐くんじゃない。入院したほうがいい……と思うけど、祐くんがいなくなったら大変なことになる……けど、後々のことを考えたら入院したほうがいいかも……眞鍋組は食品会社にしたいけど、今は無理なのはさすがにわかる……祐くんは……」

氷川は内科医としての自分と二代目姐としての自分の間で葛藤《かっとう》し、揺れる感情のままつらつらと言葉を連ねた。どうにもこうにも、感情のコントロールができなくなっている。

「姐さん、今の俺に入院する余裕はありません。サメの馬鹿《ばか》をシメてからです」

祐が艶然《えんぜん》と微笑《ほほえ》むと、卓やショウはそれぞれ低い呻《うめ》き声《ごえ》を漏らした。心なしか、清和の周りの空気も重くなる。

「サメくんが清和くんを裏切るはずがない」

氷川は自分に言い聞かせるように断言してから、ルビーチョコレートに手を伸ばした。さすがに疲れ、身体が甘味を求めている。

「姐さん、そんなにサメを信用しているのですか？」

「うん、サメくんは信用できる。イワシくんやアンコウくんだって……あ、みんな？　みんな、宋一族に行ってしまった？」

諜報《ちょうほう》部隊のメンバーは全員、サメの部下たちだ。サメに従って、去ってしまったのかもしれない。何より、諜報部隊自体、なくなっているのかもしれない。氷川は今さらながらに思い至って愕然《がくぜん》としたが、祐は伏し目がちに息を吐いた。

「サメの部下が全員、宋一族配下になっていたら、今頃、眞鍋組はシマを維持できず、総本部も所有のビルも燃えていたでしょう。隠し財産まで根こそぎ掠め取られていた」

眞鍋の内情を熟知しているメンバーがいっせいに敵に回れば、どんな混乱を招いても不思議ではない。それこそ、清和の息のかかった場所はすべて火の海だ。

「誰か残ってくれた？　……あ、銀ダラくん？　イワシくん？」

凝った意匠が施された柱時計の後ろから、サメが舞台役者のような所作で登場した。

……否、サメに扮《ふん》した諜報部隊の銀ダラだ。背後には氷川の送迎を頻繁に担当していたイワシや生真面目《きまじめ》で純朴なシマアジ、元空き巣のタイなど、若いメンバーが続いた。各自、悲愴感《ひそうかん》が凄《すさ》まじい。

「姐さん、今回ばかりは参った。サメのブチ切れエスプリがこじれすぎて空中分解だ。ここまでダイアナに骨抜きにされるとは思わなかったぜ」

銀ダラが欧米人のように肩を竦めながら、激戦地を渡り歩いてきた不屈の戦士について零した。サメに化けたままだから、言いようのない哀愁が漂っている。

「銀ダラくんは残ってくれたんだね。ありがとう」

氷川が感情たっぷりに礼を言うと、銀ダラは辛《つら》そうに頭を掻《か》いた。これはサメの癖ではなく銀ダラ本人の癖だ。

「サメとは長いつき合いだが、今のサメは俺が知るサメじゃない。目を覚まさせるためにも俺は残った。こいつらも同じ気持ちだ」

銀ダラの言葉に応じるように、イワシやシマアジ、タイなど、ほかのメンバーたちはいっせいに頭を下げた。サメは長江《ながえ》組を分裂させたが、苦楽をともにした自分の部隊も分裂させてしまったようだ。

「サメくんは宋一族のダイアナさんに夢中？」

「女狐《めぎつね》より女狐らしい大盗賊を初恋相手だと抜かした挙げ句、俺たちに『ママン』と呼べとほざきやがった。初恋相手と一緒に裏社会を統一したい……らしい」

「ダイアナさんはサメくんの初恋相手？」

……うわ、あのサメくんに初恋があったんだ。

サメくんにだって初恋があってもおかしくない。

サメくんと初恋相手、と氷川は心の中で摑み所のない男から連想できない初恋を無理やり繫《つな》ぎ合《あ》わせた。

「姐さん、全財産、賭《か》けてもいいが、絶対に違う。サメの初恋相手は候補がたくさんいすぎてわからないが、ダイアナじゃない」

銀ダラが顔を歪《ゆが》めて否定すると、その場にいたメンバーたちは同じタイミングで同意するように相槌《あいづち》を打った。

「……え？　ダイアナさんが初恋相手じゃないのに、初恋相手だって言っている？」

何故、初恋相手ではないのに初恋相手だと言い張るのか？　どうしたって、氷川には理解できない。

「ダイアナは男だけど、楊貴妃みたいに綺麗《きれい》だ。ただ、腹の中はドロドロの真っ黒。魔女といい勝負……あ、今のミスはセーヌ川に流してくれ。眞鍋の策士が魔力を発揮するのは眞鍋のため」

銀ダラは途中まで言いかけ、自分の失言に気づいたらしい。もっとも、魔女こと祐に機嫌を損ねた様子はない。

「そのダイアナが腹黒を発揮するのはなんのため？」

氷川が食い入るような目で尋ねると、銀ダラはシニカルに口元を緩めた。

「ダイアナが腹黒を発揮するのは宋一族のためだ。感心するぐらい一族愛が強い。暴れん坊の甥《おい》を全力で支えている」

銀ダラの説明を聞いていると、宋一族の強《したた》かな楊貴妃が清和を守る魔女と重なった。

「結局、ダイアナさんも祐くんと同じ？」

「麗しのマダム、全然、違う。ダイアナと魔女は違うよ。魔女は体力がないから寝技は使えないけど、ダイアナはえげつない寝技を繰りだす。ダイアナに人生を狂わされた奴《やつ》がどれだけ多いか、サメが一番よく知っているはずなのに……」

ダイアナのハニートラップによる被害者は世界各国に転がっているという。祐が無言でタブレット端末を操作すると、牡丹《ぼたん》の如《ごと》き妖艶《ようえん》な凄腕《すごうで》の毒牙《どくが》にかかった錚々《そうそう》たるＶＩＰが映しだされた。

「サメくん、ダイアナさんに恋をしてしまった？」

氷川が訝《いぶか》しげな顔で指摘すると、銀ダラは腕を組んだ体勢で深く頷《うなず》いた。

「サメ、血迷った。女狐にたらし込まれたんだ」

「血迷った？」

「サメは血迷ったが、二代目にも問題がある。二代目が予定通り、裏社会の大ボスになればよかったんだ……今からでも遅くない。てっぺんに立ってくれ」

銀ダラもサメの気持ちがわかるらしく、清和を人差し指で差した。イワシやタイなど、ほかのメンバーたちも予《あらかじ》め打ち合わせしていたかのように同じポーズだ。

清和は表情を変えず、口を固く閉じているが、氷川は目を吊《つ》り上《あ》げて異議を唱えた。

「それこそ、絶対に駄目。大反対。裏社会のボスになんてならなくてもいい」

「二代目が裏社会のボスに立たなきゃ、そのうち長江組が裏社会制覇を狙うぜ。宋一族はそれを阻止したいんだ」

銀ダラは長江組の東京進出断念を信じていなかった。

あの時、休戦の場で、清和や祐、リキたちも大原《おおはら》組長を信用したが、長江組は東京進出を諦《あきら》めていないと踏んでいる。ただ、大原組長の存命中は守られるのではないだろうか。

「宋一族は長江組と仲が悪いの？」

「長江組の手口が汚すぎるから、宋一族は警戒しているっていうのか、大きくさせたくないっていうか、上手《うま》く言えねぇが……まぁ、嫌っているんだろ」

長江組と宋一族の関係が上手く言葉で説明できないらしい。銀ダラは曖昧《あいまい》にしたが、祐も賛同するように軽く頷いた。

「宋一族に嫌われるぐらい長江組は汚い手口を使う？」

「まず、宋一族は麻薬や人身売買に手を出さない。二代目と通じるところがあるんだ。あの気性の荒い獅子も、麻薬や人身売買は厳しく禁じている」

銀ダラの口ぶりから、いかに麻薬や人身売買が巷《ちまた》に溢《あふ》れているか伝わってくる。氷川の清楚《せいそ》な美貌が無意識のうちに険しくなった。

「麻薬や人身売買はあってはならないことです」

「悲しい現実さ。平和な日本でも麻薬や人身売買はある」

「警察に任せましょう。頼りにならないなら、証拠ごと提出しよう」

こういう時こそ、カチコチの二階堂正道《にかいどうまさみち》くん、と氷川は眼底に清廉潔白な警視総監最有力候補のひとりを再現させた。

「姐さん、理想論は置いといて」

銀ダラに荷物を置くようなジェスチャーをされ、氷川は白い頬《ほお》をヒクヒクさせた。

「……もうっ」

「長江が裏社会を統一したら、麻薬や人身売買が多くなって、宋一族も仕事をしにくくなるからな……ま、宋一族も自分たちのためさ。今までは関西に食い込みたくても長江が強いから食い込めなかった」

要はソレ、と銀ダラは馬鹿らしそうにステップを踏んだ。つまり、今までの長江組が手《て》強《ごわ》すぎたのだ。

「……じゃあ、サメくんはこのまま、一徹長江会《いってつながえ》の平松《ひらまつ》会長として長江組系暴力団を攻める気？」

氷川が青ざめた顔で尋ねると、銀ダラは頭をポリポリと掻いた。

「二代目の命令を完全無視して、サメは長江組系暴力団を制圧している。このままじゃ、二代目が休戦破棄したと思われて開戦だろうな」

関東の大親分の立ち合いの下、清和が眞鍋組二代目組長として大原組長と手打ちの儀式をした。サメの暴走は関東の大親分や大原組長のメンツを潰《つぶ》したに等しく、清和を窮地に追い込む。結果、抗争だ。

「戦争は駄目。清和くんと大原組長は休戦条約を結んだ……えっと、条約っておかしいかもしれないけれど、戦争を終わらせる約束をした」

「サメが一徹長江会を解散させない限り、二代目は約束を守らない大嘘《おおうそ》つき野郎……」

銀ダラの言葉を最後まで聞きたくなくて、氷川は荒々しい声で叫んだ。

「サメくんを呼んできてーっ」

バンッ、と氷川は無意識のうちにロココ調のテーブルを叩《たた》いていた。その拍子にコーヒーカップやワイングラスが揺れる。すかさず、支えるのがショウと卓だ。

「姐さん、それができたらこんなに悩んでいない。俺、やつれただろ」

「イワシくんやシマアジくんの泣《な》き腫《は》らした目に比べたら頼もしい。アンコウくんもハマチくんも辛そうだった。どんな手を使ってもいいからサメくんを連れてきて」

「サメを釣り上げる餌《えさ》は二代目の裏社会大ボス就任しかない」

銀ダラ自身、清和の裏社会統一を望んでいることが伝わってくる。サメ同様、野心に溢れた男ではなかったのに。

「それ以外」

「麗しのマダム、それ以外に手はない」

「……なら、僕をサメくんのところに連れていってください」

どんなに頼んでも無駄、と氷川はようやく悟った。自分がサメを説得するしかない。

「……うおっ、逆効果。今のサメにはダイアナが張りついている。麗しのマダムは飛んで火に入る夏の虫だ」

拉致《らち》されかかったのを忘れたのかな、と銀ダラは宥《なだ》めるように続けた。ショウや卓など、周りの男たちは色を失う。

「僕がなんとしてでもサメくんを連れて帰る」

「死んでも無理……それでね。二代目がデビルみたいな顔をしている。二代目に殺し屋を雇わないように頼んでほしい。それが麗しのマダムの仕事さ」

銀ダラが指摘した通り、氷川の隣に座っている男は地獄の大悪魔より恐ろしい顔をしていた。

「清和くんが殺し屋？　……宋一族の総帥やダイアナさんを狙わせる気？」

サメを籠絡した楊貴妃や君臨している獅子を消せば幕は下りる。サメは目を覚ますだろう。清和は眞鍋組のメンツにかけ、一徹長江会の解散は命に代えても成し遂げなければならない。

「二代目はやる気だ。逆効果だから止めてほしい」

「清和くん、絶対に駄目だ。銀ダラくんが言ったように逆効果だよ。殺し屋なんかに連絡を入れちゃ駄目だ」

氷川は清和の腕を摑み、諭すように語りかけた。

「…………」

「清和くん、どうしてそんな恐ろしい顔をしているの」

「…………」

「サメくんの説得は僕がするから任せて」

氷川が切羽詰まった思いを口にすると、清和の鋭利な双眸が陰った。

「するな」

「大丈夫、サメくんを特製インドカレーで釣ろう。桐嶋《きりしま》さんの街にインド料理店がたくさんあるんだ。サメくん好みのインドカレーもあると思うよ」

「やめろ」

清和の表情はこれといって変わらないが、内心ではだいぶ動揺している。どこにどう飛んでいくかわからない恋女房を熟知しているからだ。さすが、と感心しているのはショウや卓、銀ダラたちである。

二代目姐の発言により、明らかに空気が変わった。

「二代目、姐さんを鉄砲玉にしたくなければ、仁義を重んじる組長らしい言動を心がけてください」

祐は悠然と微笑みつつ、二代目組長夫妻の会話に割って入った。

「……祐」

「不幸中の幸い、銀ダラやイワシたちが残ってくれました。このまま引き続き、銀ダラがサメに扮し、態勢を整えます。二代目はどんな挑発にも乗らず、橘高顧問と一緒に将棋でもお楽しみください」

祐の言葉を表現するように、銀ダラは将棋を指すポーズを取った。

「おい」

「ダイアナと獅子にヒットマンを送り込んだら終わりです。一々、説明する必要はありませんね。二代目は将棋がいやなら、託児所で可愛《かわい》い保母さんと遊んでいてください」

祐は皮肉っぽく笑ってから、氷川に意味深な視線を流した。そうして、保護者のような顔で言った。

「保母さん……いえ、姐さん、まずは今夜一晩、子供を預かっていただきます。よろしくお願いします」

こういったことは初めてではないが、今回は明らかに今までとは違う。改めてサメの大きさを思い知った。

「祐くん、わかった。清和くんはまたとんでもない恐ろしいことを考えているんだね。戦争は絶対に駄目だよ」

氷川が頬を紅潮させて力むと、祐は形のいい眉を顰めて言った。

「はい、眞鍋としてはここで宋一族と一戦交えたくありません。無謀すぎる」

「絶対に駄目ーっ」

氷川の絶叫が響き渡るや否や、祐や卓、ショウたちは一礼して去っていった。銀ダラをはじめとする諜報部隊のメンバーたちは、いつの間にか忽然《こつぜん》と消えている。まさしく、忍者のように。

清和まで一言も口にせず、ソファから立ち上がると大股《おおまた》で歩きだした。氷川が止めようとした瞬間、金の優美な細工が施された白いドアの向こう側に消えてしまう。

「……ちょっ、ちょっと、清和くん？　僕をおいてどこに行くの？」

氷川は慌てて清和の後を追った。

けれども、白と金のドアは開かない。ガチャガチャガチャガチャッ、という金のドアノブを回す音がやけに響く。

「……せ、清和くんーっ？」

氷川の張り裂けそうな声は、無残にも白と金のドアに吸い込まれていった。ロココ調のインテリアで揃《そろ》えられた部屋に残されたのは氷川だけだ。

ぶわっ、といやな記憶が蘇《よみがえ》る。

「……ま、まさか……僕用の監禁部屋？　そういえば、僕を籠《かご》の鳥にしようとした時の部屋に似ている……え？　僕を閉じ込めるためにこんな手を使った？　……違う、祐くんにそんな素振りはなかった……うん、祐くんなら隠し通すからわからない……ショウくんにそんな素振りはなかった……清和くんが勝手に逃げたんだ……僕から……」

氷川の疑念に答えてくれる者は誰もいない。名前のつけられない感情が込み上げてきたが、ここで泣き叫んでも無駄なことは明らかだ。

今、できることをしたほうがいい。

氷川は疲弊している自分を感じ、ワゴンにあったミネラルウォーターを飲んだ。

# 3

バスルームで重苦しい疲れを流した後、パウダールームで髪の毛を乾かしていると、人の気配を感じた。振り向けば、イワシが悲痛な面持ちで佇《たたず》んでいる。……否、イワシではない。誰かが化けたイワシだ。

「イワシくんじゃないね」

氷川《ひかわ》が優しく声をかけると、イワシに扮《ふん》した男は感服したように拝礼した。

「姐《あね》さん、聞きしに勝るご炯眼《けいがん》、痛み入ります。先ほどはご挨拶《あいさつ》もできず、大変失礼しました。宋《そう》一族、獅童《しどう》に仕える狐童《こどう》と申します」

サメが所有している船内に乗り込んだ時、卓《すぐる》が吾郎《ごろう》に向けた注意を思いだした。『吾郎、狐童も犬童《いんどう》もいるから気を抜くな』と。

「……狐童くん？」

「獅子《しし》に仕える狐、と覚えてくだされば光栄です」

「狐ちゃん？　影武者ができる狼《おおかみ》や鷹《たか》じゃなかったよね？」

氷川は特殊メイクを施した顔をまじまじと眺める。記憶が正しければ、総帥の影武者は狼童《ろうどう》や鷹童《ようどう》であり、狐童ではなかった。

「宋一族のデータをご覧になったのではないのですか？」

祐《たすく》にどのような思惑があるのか不明だが、宋一族に関するデータが収められたタブレット端末はテーブルに置かれたままだ。総帥や幹部、主要メンバーの顔写真入りのデータは紙にも印刷されて、傍らのロココ調のチェストに積まれている。つい先ほど、シャワーを浴びる前にざっと目を通した。

「……あ、狐ちゃんは狐みたいに狡賢《ずるがしこ》い、ってサメくんのコメントがあった……その狐ちゃん？」

確か、狐童といえばダイアナに目をかけられている幹部候補だったはずだ。整った顔だちをしていた。

「サメから高い評価をもらったと喜びたいのですが、たいしたことはありません。いつもダイアナに怒られています」

狐童はイワシにどこか似た声で楽しそうに謙遜《けんそん》した。

「どうやってここに？」

眞鍋《まなべ》第二ビルが宋一族に占拠されたとは思えないが、フランス製アンティークの家具で揃《そろ》えられたゴージャスな部屋のセキュリティはどうなっているのだろう。氷川はさりげない足取りで赤い絨毯《じゅうたん》が敷かれた廊下を進んだ。壁に飾られた果物と百合《ゆり》の静物画に隠しカメラが潜んでいる気配はない。

「姐さん、それは聞かないでください。命をかけ、姐さんに会いに来た理由を聞いてください」

「清和《せいわ》くんに見つかったら危険だから早く帰りなさい」

氷川はクリスタルのシャンデリアが吊《つ》るされた豪勢な部屋に進んだ。猫脚のテーブルの上、ショウが食べ散らかした跡はそのままだ。つい先ほど、ショウが口から零《こぼ》したブリオッシュの残骸《ざんがい》に妙な安心感を覚える。

「侵入者の俺にまでそう言ってくださるとは、タイやベトナムの奴《やつ》らが称《たた》えていたように女神ですね。忍んで来た甲斐《かい》がありました。姐さんならわかってくれると思っています」

「僕を拉致《らち》する気はないみたいだ」

氷川はあっけらかんと言ってから、白と金のチェストに置かれていた宋一族のデータを手にした。

「毛頭ありません。姐さん、どうか宋一族と天下を取ってください」

氷川を崇《あが》めるかの如《ごと》く、狐童は膝《ひざ》と手を床についた。まるで大帝国に君臨する皇帝に対する臣下のような態度だ。

「……つまり、大原《おおはら》組長との手打ちを無視しろと？」

氷川がズバリ指摘すると、狐童は真剣な顔で肯定した。

「はい。これ以上、長江《ながえ》の悪行には耐えられません。長江の人身売買ルートで騙《だま》されて売

FILE04
DATANo02

られてきた女子供の悲鳴が聞こえませんか?」

「お気の毒な女性や子供を本当に助けたいのならば、裏社会の統一ではなく、警察への協力態勢を整えてください。警察が頼りにならないのであれば、正規の機関を援助してください。もしくは、正規の機関を設立してください」

氷川は狐童のデータを眺めつつ、きつい声音で一気に捲《まく》し立《た》てた。一流の情報屋による狐童への注意書きは『二枚舌に騙されるな』だ。素の狐童は真面目《まじめ》らしいが、宋一族のためならばどんな大嘘《おおうそ》も平然とつくらしい。

「そのためにも、まず、長江組を滅亡させなければなりません。九州の手強《てごわ》い暴力団を制圧するためにも、長江にトドメを刺してください。それからです」

「そんなことを僕に言いに来たの?」

氷川が呆《あき》れ顔《がお》で聞くと、狐童は真顔で頷《うなず》いた。

「二代目は揺れています。姐さんの許可があれば、大原組長や竜仁《りゅうじん》会会長に弓を引くことも厭《いと》わないはず」

「清和くんは裏社会のボスになんかならなくてもいい」

「……では、サメに裏社会のボスの座を与えてください」

「……サメくんに?」

氷川が驚愕《きょうがく》で瞬きを繰り返すと、狐童は感情たっぷりに言った。

「このままサメを一徹長江会《いってつながえ》の会長として活動させてください。姐さんのお許しがあれば丸く収まるでしょう」

「無理な話です」

……狐童くん、宋一族の代表かな？

結局、宋一族は裏社会のボスが清和くんでもサメくんでも誰でもいいんだ。サメくんがダイアナさんに操られているなら、清和くんよりサメくんのほうがいいんだろうな。

僕をここで説き伏せれば眞鍋がなんとかなると思っているのか。

僕にそんな気はないのに、と氷川は心の中で自分を落ち着かせるように呟《つぶや》いた。狐より狡猾《こうかつ》だという狐童の注意書きを嚙《か》み締《し》める。

「無理ではありません。眞鍋組や桐嶋《きりしま》組にとって姐さんはそれほどのお方です」

「宋一族はそんなに裏社会を手に入れたい？」

氷川が真剣な目で切り込むと、狐童はあっさりと認めた。

「はい。哀れな女子供を救うため、とは言いません。我が宋一族の悲願、楊《よう》一族に奪われた香港《ホンコン》を取り戻したいのです。そのためにはまず、この国から」

香港マフィアの楊一族との戦いに敗れ、宋一族は日本に逃れてきたという。楊一族も宋一族のことは危険視していた。

「それは楊一族と交渉してください」

「交渉できる相手だと思いますか？」

「祐くんに頼んでください」

「魔女は楊一族に肩入れしています。眞鍋の共闘相手に選んでしまった。獅子もダイアナも参りました」

氷川から見て眞鍋組の共闘相手が香港の楊一族だとは思えないが、あえて異議は唱えなかった。データが正しければ、狐童の言葉はどこまで真実かわからない。

「……では、とりあえず、サメくんを眞鍋に返してください。そうすればどんな手を使っても祐くんを動かします」

そっちがそう出るならこっちはこう、と氷川は心の中で力んだ。まず、サメを宋一族の楊貴妃《ようきひ》から引き離したい。

「サメは眞鍋に返した途端、二代目に始末されるでしょう。ダイアナが初めて愛した相手を硫酸風呂《ぶろ》に浸けたくない」

狐童に悲痛な面持ちで言われ、氷川は首を大きく振った。

「……そんなことはない……清和くんは絶対にそんなことはしないし、させない……それより、ダイアナさんが初めて愛した相手？」

「ダイアナは宋一族のために自分を抑え込んできました。恋もしないように自制してきたそうです。今回、初めて自分の気持ちを認めることができたそうです。宋一族一同、ダイアナの恋を祝福する」

狐童の話だけを聞いていたら信じていたかもしれない。だが、アンコウや銀《ぎん》ダラなど、眞鍋側で聞いたサメと楊貴妃の関係とまるで違う。

ひょっとして、本当にサメとダイアナは深く愛し合っているのだろうか。眞鍋側が摑《つか》んでいないだけなのだろうか。もし、狐童の言葉が真実ならば氷川は無条件で応援する。

「……眞鍋もダイアナさんとサメくんの恋を祝福します。結婚式を挙げるなら、僕と清和くんに仲人をさせてください」

「ふたりの挙式は裏社会を統一した後です。天下を取った後でなければ、ダイアナもサメも結婚式どころではありません」

狐童の言葉を聞き、氷川は苦笑を漏らした。やっぱりサメくんとダイアナさんの恋は狐童くんの嘘だ、と。なんとしてでも裏社会の統一を果たしたいんだ、と。

「君、誰の命令で来たの？」

「ダイアナとサメ、ふたりの指令です。眞鍋組は姐さん次第です。サメの部下たちも辛《つら》くて、悲嘆に暮れています。銀ダラたちが眞鍋に残ったのは、二代目の説得のためでしょう」

「……なら、もし、清和くんが大原組長との約束を破ったらどうなると思う？　竜仁会の会長のメンツを潰《つぶ》したことになるから、それこそ、戦争じゃないのかな？」

「姐さん、二代目が裏社会のトップに立てば、竜仁会会長もひれ伏す。誰であっても文句は言えません」

「……ヤクザ……極道だから無理だと思う」

狐童というより宋一族の総帥や大幹部が、極道というものを根本的に理解していないような気がした。任侠《にんきょう》の時代は遠くなり、金で力が測られるようになったが、今でもそれだけでは片づかないことがある。

「可能です。裏社会の覇者にとって、竜仁会会長は道端に落ちている小石と一緒です」

「狐ちゃん、賢そうだけど極道を理解していない。化石のような極道は眞鍋組の橘高《きったか》や安部《あべ》だけではない。仁義とかメンツとか、そういうもののために命を散らすのが極道なんだ、って……」

馬鹿《ばか》な男たち、と氷川は今まで幾度となく呆れ果てた。本人たちも馬鹿だと自覚しているから始末が悪い。それでも、極道の道を突き進むのだ。

「姐さんはこのままでよろしいのですか？」

狐童に煽《あお》るように問われ、氷川も悲しそうな顔で尋ね返した。

「サメくんは一徹長江会の平松《ひらまつ》会長として戦い続ける気かな？」

そもそも、本当の平松の舎弟たちがどうなったのか、氷川は恐ろしくて確かめることもできない。全員、始末し、宋一族の男たちが化けているのだろうか。

「サメはそのつもりです。予定通り、宋一族とともに天下を取り、二代目に進呈する……今もその予定に添って行動しています」

狐童の目的は二代目姐の説得だと見当をつけた。もちろん、氷川に応じる気はまったくない。

「……なら、僕をサメくんのところに連れていってください」

危険なことは重々承知しているが、狐童の道案内でサメに辿《たど》り着《つ》くことが手っ取り早いような気がした。

「……どうなさるおつもりでしょう？」

狐童はよほど驚愕したらしく、下肢を大きく震わせた。生真面目《きまじめ》だという素の性格が出たような気がしないでもない。

「僕がサメくんのところにいたら、いい人質になるでしょう。眞鍋を脅せばいい。眞鍋も僕を理由に言い訳ができる」

……前回とは違う。僕が単身で人質になったらどうなるのか、と氷川はサメの真意を摑みたかった。捨て身の戦法だが不思議なくらい怖くない。

「……驚きました」

「僕、ハマチくんに拉致されかかったばかりです。拉致してください」

「……では、姐さんも裏社会統一に賛成してくれたと思ってよろしいですね？」

狐童から念を押すように問われ、氷川は観音菩薩《ぼさつ》を意識して微笑《ほほえ》んだ。

「サメくんを説得します。ついでにダイアナさんにもわかってもらいます。平和な未来への道を開きましょう」

裏社会統一を阻止するためにサメくんを連れ戻す、と氷川は心の中で力んだ。狡猾な狐に嘘をついても良心は咎《とが》めない。

「……では。姐さんがいなくなれば、宋一族が姐さんを強引に拉致したと誤解するでしょう。二代目ならば即座に宋一族のアジトを攻撃し、大戦争に発展します。一筆、残していただけませんか？」

狐童は神妙な面持ちで、猫脚の電話台にあるペンとメモを差した。

「……一筆？　どんな？」

「今の気持ちを簡単に綴《つづ》ってください。……サメを説得するために宋一族の手を借りて行く、とでも」

「わかった」

氷川がペンに手を伸ばし、狐童に言われたままの言葉をメモに綴る。心配しないでください、と付け足した。

狐童が真摯《しんし》な目でメモの文面を確認し、バスローブ姿の氷川に手を伸ばした瞬間。

「狐童、そこまでだ」

いつしか、愛《いと》しい男が怒髪天を衝《つ》いて立っている。出ていった時と同じアルマーニの黒いスーツだが、その手には鈍く光る拳銃《けんじゅう》があった。

照準は侵入者に定められている。

「清和くん、駄目ーっ」

氷川が真っ青な顔で飛びつくと、清和の逞《たくま》しい左腕が回された。

壁一面を覆い隠すようなゴブラン織《おり》のタペストリーの裏から、サメに扮した銀ダラが現れる。無造作に担いでいるのはライフルだ。

「狐童、いい度胸だ。ダイアナのお使いか？」

旧知の間柄らしく、銀ダラは懐かしそうに狐童に話しかけた。

「銀ダラ、サメがショックを受けていた。火の中でも水の中でも銀ダラはついてきてくれると信じていたらしい」

狐童は自身の声で悲しそうにサメについて語った。同情心を煽ろうとしているのかもしれない。

「相手がダイアナじゃなきゃ、信じていた」

「姐さんはサメとダイアナを祝福してくれた」

「姐さんはダイアナを知らないからさ」

「姐さんとダイアナならいい話し合いができると思う」

「ダイアナの差し金で潜り込んで、姐さんを説得しようとしたのか？　姐さんがそう簡単に説得できるわけがないだろう」

「姐さんはわかってくれた」

狐童は真剣な顔で氷川が一筆書いたメモを差しだしたが、銀ダラは馬鹿らしそうに一蹴《いっしゅう》した。

「このゲームはお前の負け。うちの姐さんをそんじょそこらの姐さんと一緒にするな。俺たちが一致団結してかかっても敵《かな》わない姐さんなんだぜ」

「……銀ダラもサメと同じ気持ちだと、誰もが知っている。大原組長と竜仁会会長の接触をどうして止めなかった？」

何を思ったのか、狐童はいきなり話題を変えた。銀ダラやメンバーたちが本気で阻めば、清和と大原組長の休戦はなかったはずだ。たとえ、祐やリキの指示に背くことになっても。

「アントワネットのギロチンを止められなかった世の中だぜ。今さら言うなよ」

「魔女は楊一族のため、宋一族との天下取りを拒絶したのか？」

「そんな深読みをするな。魔女はそこまで楊一族に肩入れしていない」

銀ダラは忌々《いまいま》しそうにライフルを担ぎ直した。狐童から楊一族に対する敵対心が痛いぐらい伝わってくるからだろう。

「姐さんにサメが眞鍋の二代目についた理由……当時、無力な子供についたわけを教えてやってくれ。最初から天下取りを狙《ねら》っていたはずだ」

思いだせ、とばかりに狐童は距離を詰めた。カサブランカと紅薔薇《ばら》のアレンジメントの背後、音も立てずに現れた本物のイワシやシマアジが構えている拳銃にも怯《おび》えていない。

「……ああ、あの日だ、それだよな。昇り龍も虎《とら》も死にかかっているのに、助けを求めないで大口を叩《たた》きやがったんだ」

銀ダラは在りし日を思いだしたらしく、懐かしそうに大きく頷いた。どうやら、運命の時だったらしい。

「俺に天下を取らせる気があるなら助けていい、だったか？　俺に手を貸すなら天下を取らせろ、だったか？」

狐童が明かした当時の清和の言動に驚いたのは氷川だけだった。もっとも、氷川が抱きついている清和の渋面はさらに陰る。

「……だったかな？　そんなセリフだったたと思うぜ」

よく知っているな～っ、と銀ダラは感心したように笑った。

「裏切り者は昇り龍だ」

「そうなるのかな」

「サメに詫《わ》びなければならないのは昇り龍だろ」

力関係が歴然としていたあの日、力のない昇り龍の大望を実現させるため、サメは手を貸したのだ。サメから見れば裏切ったのは天下を蹴《け》り飛《と》ばした清和である。

「坊や、大人の世界には複雑怪奇な事情があるんだよ。誰よりもサメは知っているはずだぜ」

「サメに非がないことは銀ダラが一番よく知っているはずだ。昇り龍が進まなければならない道もわかっているはずだ。あの日を思いださせてやってくれ」

「……あのさ、狐ちゃん、ここで命乞《いのちご》いしてくれなきゃ困るんだよ。姐さんの前で命乞いしないと助けられないぜ」

銀ダラが困惑顔で諭すように言うと、狐童は胸を張って宣言した。

「俺の命はどうなってもいい。二代目にサメと交わした約束を思いださせてやってほしい。さすがにサメが哀れだ」

狐童は銀ダラから氷川が張りついている清和に視線を移した。思いだしてくれ、と目で訴えている。

一瞬、なんとも言いがたい沈黙が走る。

氷川は愛しい男の心中が大きく揺れていることに気づいた。ぎゅっ、と宥《なだ》めるように抱き直す。

静寂を溜《た》め息《いき》混じりに破ったのは銀ダラだ。

「狐ちゃん、さすがに上手《うま》いな。頼むから焚《た》きつけないでくれ……さ、もう、おじちゃんと一緒に真夜中の紹興酒でも飲みに行こうぜ」

銀ダラはライフルを担いだ体勢で狐童に向かって顎《あご》を杓《しゃく》る。清和の鋭い眼光に殺気を見つけ、氷川は慌てて口を挟んだ。

「銀ダラくん、その子はそのまま帰してあげてください。僕は何もされていません」

氷川が狐童の命乞いをすると、待ってました、とばかりに銀ダラは明るい笑顔を浮かべた。

「姐さん、俺じゃなくてダーリンに言ってくれよ。俺は宋一族の恐ろしさを身に染みて知っているからヤバいことはしたくない。特に狐ちゃんはダイアナのスペシャルお気にだからさ」

銀ダラの言葉を聞き、氷川はコクリと頷いた。そうして、抱き締めている清和を真摯な目で貫いた。

「清和くん、いいね。狐童くんはこのまま帰ってもらう」

狐童をこの場で処分したら、宋一族との戦争が勃発《ぼっぱつ》する。もしかしたら、宋一族は戦争する口実を作るために、あえてダイアナに期待されている狐童を送り込んだのかもしれない。なんにせよ、氷川は宋一族との戦いを止めたかった。

「……………」

「狐童くんに恐ろしいことをしないでね。約束だよ」

「………」

「清和くんもわかっているでしょう。僕は何もされていない……バスローブなのはお風呂から出て髪を乾かしていたからだ。本当に何もされていない。狐童くんは紳士だったよ」

「………」

「銀ダラくん、狐童くんを安全なところまで送ってあげて……って、もういない？」

氷川は銀ダラに視線を流したが、すでに忽然《こつぜん》と姿を消していた。狐童は言わずもがな、拳銃を構えていたイワシやシマアジもいない。

豊潤なカサブランカの香りが漂う部屋にいるのはふたりだけ。

「……うう……うん、まぁ、これでいいのかな……で、それで、清和くん、さっき僕をおいてどこに行っていたの？」

ペチペチ、と氷川は愛しい男の頰《ほお》を優しく叩いた。

「………」

「やっぱり、清和くんは僕から逃げたんだね？」

氷川が悲しそうに言うと、清和の顰《しか》めっ面《つら》に微《かす》かな困惑が混じった。返事はないが、氷川の身体《からだ》を抱く腕に力がこもる。

「僕とふたりきりになるのがいやだったの？」

「…………」

「僕と一緒にいる時間だったよね？」

どんな理由であれ、誰の意図があれ、ふたりきりで過ごせる時間ができた。それなのに、愛しい男は無情にも行ってしまった。清和がそばにいれば、狐童も氷川の前に現れなかっただろう。隙《すき》を作ったのはほかでもない不夜城の覇者だ。

「…………」

「どうして、僕から離れたの？」

不器用な亭主の気持ちはわかっているが、氷川としては聞かずにはいられない。こんな時だからよけいに。

「…………」

「僕が好きでしょう？」

氷川は意識的に作った上目遣いで愛しい男を見上げる。表情は変わらないが、確実に体温は上がった。

「…………」

「僕が好きなのに逃げたんだ」

カプ、と氷川は意地悪く顎先を噛む。

「…………」

「いけない子、僕が好きなら僕から逃げちゃ駄目だよ」

「…………」

「清和くん、わかっているね。絶対に宋一族の総帥やダイアナさんにヒットマンを送り込んじゃ駄目だよ」

氷川の脳裏には轟々《ごうごう》と燃え盛る炎の中で散弾銃を構える獅童が焼きついている。いつか、清和も灼熱《しゃくねつ》の炎に焼き尽くされそうで怖い。

「…………」

「宋一族は世界的に怖い闇《やみ》組織なんでしょう？　ヒットが成功しても失敗しても恐ろしいことになると思う」

もし、総帥やダイアナの暗殺に成功したら、宋一族による極道の敵討ち以上の激烈な報復を食らうに違いない。眞鍋組所有のビルや事務所で宋一族の男が覚悟の自爆をする可能性も否定できない。現に忍びこんできた狐童は死を覚悟していた。

「…………」

「サメくんを信じよう。きっとわかってくれる」

氷川は愛しい男の唇に指で触れながら語りかけた。サメのことだから何事もなかったかのように笑いながら帰ってくる気がしてならない。そうであってほしい。そうでなければならないのだ。

「…………」

氷川は愛しい男が胸を痛めている原因がほかにあることに気づいた。サメの裏切りよりも大きな棘《とげ》のようだ。

「……清和くん？」

話しなさい、とばかりに氷川は愛しい男の唇を人差し指で突《つつ》いてから軽く舐《な》めた。だんまり大会は許さない。

「……怖い思いをさせた」

清和の重い口から飛びだした謝罪に、氷川は目を丸くした。船内から始まった宋一族との戦闘について詫びているのだ。

「そんなことを気にしていたの？」

「すまない」

最愛の男から不器用なまでに一途《いちず》な想《おも》いが伝わってくる。氷川の胸がじんわりと熱くなった。

「怖くなかった、って言ったら嘘になるけど、僕は祐くんに呼んでもらって感謝している。僕がいなかったら誰が止めても戦うつもりだったでしょう」

「…………」

「僕がいたから引いてくれたんでしょう。いい子、僕には優しいね」

愛しさが募り、氷川は命より大切な男の唇にキスを落とした。冷徹そうに見える唇は意外なくらい熱い。

唇から情熱的な愛が伝わってきた。

唇を離しても、清和から愛が漏れてくる。

「…………」

「僕には清和くんがすべてなんだよ」

自分の命より大切だと、氷川は改めて嚙み締める。愛しい男のいない世界など、想像することさえできない。

「…………」

「本当に悪いと思っているなら、恐ろしいことをしないでほしい。宋一族に戦争を仕掛けないでね」

眞鍋の昇り龍はいつでも平和主義者の恋女房を守ろうとする。怖い思いをさせないように気を配っているらしい。それは氷川にもわかっているが、どうしたって釈然としない。つまり、清和が争い事を回避するように腐心してくれればいいのだ。骨の髄まで闘う男だから無理もない、といった類《たぐ》いの言葉を何度も耳にしたけれども。

「…………」

「返事は？」

僕のために戦争をやめて、と氷川は今まで見聞きしたありとあらゆる極道の妻の掟《おきて》を無視して呟いた。

「…………」

愛しているがそれは無理だ、と清和の心情がなんとなく伝わってくる。氷川の白い頬が痙攣《けいれん》した。

「どうして、黙るの」

「…………」

「何度も言うけど、僕はどんな理由があっても戦争には反対する。平和的に解決してほしい」

「…………」

「平和的な解決は無理じゃないと思う」

氷川は諭すように切々と言ってから、清和の首筋に顔を埋《うず》めた。スリスリ、と頬を擦《す》りつける。

「…………」

「サメくん、今はダイアナさんに夢中でも、そのうち、憑《つ》き物《もの》が落ちたように冷静になると思う」

サメくんのことだから長くて三ヵ月、現実的には一ヵ月ぐらい、と氷川は女癖の悪い妻子持ちの医師たちを瞼《まぶた》に浮かべた。比較する対象が悪すぎるかもしれないが、どうも同じ匂《にお》いがするのだ。

「………」

「……あ、サメくんの憑き物がなかなか落ちなかったら、大原組長との約束を破ったことになるね。一徹長江会は今すぐにでも解散してもらわないと……」

時間が迫っていることに気づき、氷川は慌てて言い直した。初恋と主張する恋が冷めるまで、待っている余裕はない。

「………」

「やっぱり、僕がサメくんに会ってくる」

氷川が黒目がちな瞳《ひとみ》に改めて決意を燃やすと、清和は苦渋に満ちた顔でボソリと言った。

「よせ」

「僕のガードはもういらない。サメくんが僕を狙っているなら拉致される」

来い、声も立てずに拉致されてあげるから、と氷川は魂を込めて宋一族に囲まれたサメに呼びかけた。

「やめろ」

「大丈夫、きっと僕に何かあったらシャチくんが助けてくれる」

俺以上、とサメが公言していた凄腕《すごうで》が氷川の眼底に鮮やかに蘇《よみがえ》る。あちこちの組織からスカウトされているらしいが、シャチはすべてけんもほろろに断っていると桐嶋組初代組長から聞いた。

「…………」

「シャチくんもどこかで見守ってくれていると思うよ。ハラハラしているんじゃないかな」

桐嶋曰《いわ》く『シャチも姐さんの舎弟』だ。今回の一連の大騒動でシャチが動いていないとは思えなかった。おそらく、水面下で眞鍋のために暗躍しているだろう。そうでなければ、清和の裏社会ボスへの王手があんなに早いはずがない。

「…………」

清和の表情は変わらないが、心の中は大嵐《おおあらし》に見舞われている。そばに舎弟がいたら、助けを求めているはずだ。

ここが押し時、と氷川は根性のハチマキを額に巻いた。

「……うん、狐童くんに連れていってもらう。狐童くんはまだ第二ビルにいるのかな。ちょっと離して」

氷川は清和の胸から出ようとした。

けれど、清和の雄々しい腕に引き戻される。

「やめてくれ」

清和の深淵《しんえん》の大嵐がピークに達したらしく、弱音にも似た言葉がポツリと漏れる。氷川は真顔で確認するように言った。

「……なら、宋一族と戦争しないでくれる？」

血は血を呼ぶし、戦争はさらに悲惨な戦争を呼ぶ。大原組長のことは信じているが、抑えられなかった長江組関係者の報復が恐ろしい。このうえ、宋一族相手に開戦となればどうなるのだろう。

「………」

無理だ、という激烈な男の本心が伝わってくるが口にはしない。氷川は目を据わらせ、愛しい男の頬を撫《な》でた。

「僕に嘘をついても駄目だよ。戦争する気でしょう。戦争するしかない、って決めつけているでしょう」

むにゅ、と知《し》らず識《し》らずのうちに愛しい男の頬を摘まんでしまう。もっとも、精悍《せいかん》さは失われない。

「………」

「いい子なのにどうしてそんなに怖いことばかり考えるの？」

氷川は身が砕け散るような思いを訴えるように愛しい男の耳朶《じだ》を嚙んだ。いったいどうしたら平和的な幕引きを考えてくれるのだろう。戦うことが正義だと、可愛《かわい》い幼馴染《おさななじ》みは思い込んでいるフシがある。

「………」

「清和くんが戦争する気なら僕にも考えがある」

氷川は覚悟の決意表明をしようとしたが、年下の亭主は耳を傾けようともしなかった。

「頼むからやめてくれ」

清和は強張《こわば》った顔で言うと、氷川の身体を猫脚のソファに軽々と下ろした。バスローブがはだけ、きめ細かい肌が明るいライトに照らされる。

「……ちょっ、何をするの？」

のしかかってくる若い男の身体に、氷川は目を吊り上げた。細い腕で押し返そうとしたが、鋼のような身体はビクともしない。

「………」

露《あらわ》になった胸に顔を埋められ、氷川は荒い語気で言い放った。

「……こ、こんなことで誤魔化されないよっ」

「………」

密着した若い男の身体からなんとも形容しがたい思いが伝わってきた。その瞬間、氷川の中に刺さっていた棘が消える。

「……い、いいよ。いいけど、誤魔化されないからね」

口での勝負は戦う前から勝敗がわかっている。口下手な年下の亭主は性行為でうやむやにして誤魔化すつもりだ。

けれども、拒んだりはしない。身体だけでなく心でも受け止めるしかない。氷川の身体から無用な力が抜ける。

「…………」

「おいで」

愛しい男の魂胆に気づいていながら拒めない。これも惚《ほ》れた弱みなのだろう。惚れられた弱みなのかもしれない。日頃、圧倒的に負担の大きい氷川の身体を考慮して、耐えているのもわかっているから。

「…………」

いいのか、と清和が自分で押し倒しておきながら躊躇《ためら》っていることが伝わってきた。思わず、氷川は苦笑を漏らしてしまう。

「よくわかっている。清和くんは僕が大好きでしょう。早くおいで」

氷川の言葉に押されるように、清和の唇は目的を持って動いた。大きな手も巧みに移動する。

「…………」

「いい子、僕も清和くんが大好きだよ」

氷川は乳首に吸いつく愛しい男の頭を優しく撫でた。どんな表情なのか、見たいのに確かめられないもどかしさを込めて。

「…………」

「僕をもっと好きになって」

僕を抱いて、僕に夢中になって、宋一族との戦争なんて忘れてしまえばいいのに、と氷川は心の中で念じた。サメを籠絡《ろうらく》したというダイアナに手練手管を伝授してほしい気にさえなる。

「…………」

これ以上、夢中にさせるな、と可愛い幼馴染みの苦悩が肌から伝わってくる。

「いつも僕のことを思っていて」

愛しい男を自分でいっぱいにできたら戦争は回避できるかもしれない。氷川自身、それは甘い考えだとわかっている。誰よりも可愛い男は誰よりも苛烈《かれつ》な極道だと、折に触れ耳に届いたが、願わずにはいられないのだ。

「…………」

胸の突起に対する愛撫《あいぶ》が激しくなり、氷川は頰を薔薇色に染めた。すでに、申し訳程度に絡みついていたバスローブはソファの下に落ちている。

「僕はいつも清和くんのことを思っているから」

「…………」

「清和くんはいつも僕のことを思っていてくれないの？」

甘い声で拗《す》ねるように言うと、返事のように乳首をきつめに吸われる。それだけで氷川の白い肌に喩《たと》えようのない悦楽が走った。

「…………」

「清和くんもいつも僕のことを思っていてくれるよね」

早くも清和の分身は熱を持ち、ズボン越しでも明確にわかる。今夜も無表情な男の身体は素直だ。

「…………」

「僕の清和くん、いつも僕のことだけ思って。ほかのことを考えちゃ駄目だよ」

無理だとわかっていながら口に出して願う気持ちは自分でも説明できない。もっとも、喩えようのない切なさは肌を走る快感で薄れる。

「…………」

「こっちはいい子だね」

氷川はもぞもぞと手を動かし、愛しい男のズボンのベルトを外した。ジッ、とファスナーを下ろす。

「…………」

左の乳首に歯を立てられ、氷川は下肢を痙攣させたが、直《じか》に愛しい男の分身に触れる。ぎゅっ、と確かめるように握った。

「こっちはいつもよりいい子」

触っただけでさらに分身は膨れ上がり、いやが上にも氷川の脳髄を刺激する。最奥はまだ触れられていないのに、ズキリ、とはしたなくも疼《うず》いた。いつの間にか、氷川の身体も染め上げられていたのだ。

「…………」

「もうおいで」

氷川は上ずった声で誘ってから、亀頭《きとう》を親指の腹で甘く弾《はじ》いた。脈を打ちながらさらに成長する。

「いいんだな？」

不夜城の覇者の激しい欲望は氷川の華奢《きゃしゃ》な身体に向けられている。恋女房以外、心に何もない。

「いいよ。今、清和くんが僕のことだけを思っている証拠だよね？」

今の清和くんは戦争のことは考えていない。

今の清和くんには僕だけだ、と氷川は全身で感じ取っていた。言葉にできない愛しさが募り、無意識のうちに腰が揺れる。

「…………」

「生涯、僕の清和くんだよ」

「……ああ」

僕に夢中になって、と氷川は羞恥心《しゅうちしん》をかなぐり捨てて愛しい男に身体を開いた。狂おしい時間の幕が上がる。

清和が潤滑剤の準備をするのさえ、もどかしく感じてしまう。氷川の秘部は浅ましいぐらい若い男を求めていた。

「……あ……あっ……もう……」

「……いいな」

愛しい男の分身が潤滑剤を塗られた秘部に当てられる。焦《じ》らしているわけではないだろうが、氷川には焦らしているようにしか思えない。

「……は、早く……おいで……」

氷川の甘い嬌声《きょうせい》が若い男を刺激したようだ。躊躇いがちにゆっくりと、それでも雄々しく狭い器官に入ってくる。激痛と圧迫感は甘い痺《しび》れで相殺される。待ち侘《わ》びていた悦楽に氷川の全身が痺れた。

「……あっ……あぁっ」

お互いにお互いしか求めない本能剝《む》きだしのふたりだ。どちらの身体も極限まで熱くなり、ふたつの魂がひとつになった。

ふたりを引き離すことは誰にもできないだろう。

# 4

　夢の中、氷川《ひかわ》は喩《たと》えようのない大きな幸せに包まれていた。隣に愛《いと》しい男がいるだけで嬉《うれ》しい。何も喋《しゃべ》らなくてもいい。照れて、そっぽを向いていてもいい。ただ、そばにいるだけで満たされる。

　けれど、愛しい男が侵入者に気づき、ベッドのヘッドボードに隠していた拳銃《けんじゅう》を手にした。そっと下りる。

　開け放たれた扉の前、侵入者を確認し、清和《せいわ》は息を呑《の》んだ。

「お前がヒットマンか？」

「二代目、サメを信じられないようになりましたか？」

　……あの声は、と氷川は聞き覚えのある侵入者の声に耳を澄ませた。会いたかったから夢に出てきたのかもしれない。

「ダイアナにマインドコントロールされているのか？」

「サメがそんなにヤワな男だと思いますか？」

「戻らせろ」

「二代目次第です」

「金なら用意する」

「わかっているでしょう。金でカタはつきません」

ベッドルームから離れ、続き部屋に進んでいるのだろうか、段々、ふたりの会話の声が小さくなっていく。

ベッドルームの扉が静かに閉められた瞬間、氷川は目を覚ました。夢だと思っていたが、どうも夢ではないらしい。

「……え？　……夢じゃない？　清和くん？　……さっきの声……さっきの声は聞き覚えがある……戻ってきてくれた？」

誰かが忍んできたことは明らかだ。氷川の聞き間違いでなければ、会いたかった男だろう。

シャチくん、と氷川は物凄《ものすご》い勢いでベッドから飛び降りた。

シャチは清和やサメたちを裏切りたくないのに、妹のために裏切ってしまった、悲劇の凄腕だ。これまでも危機に瀕《ひん》した時には守ってくれた。今回もどこかで見守ってくれていると踏んでいたけれども。

案の定、勢いよくベッドルームの扉を開ければ、カサブランカのアレンジメントの前、清和とシャチが話し合っていた。

「シャチくん、元気だった？　来てくれたんだね？」

氷川が歓喜の声を上げた瞬間、シャチはくるりと背を向けた。

「姐《あね》さん、失礼します」

「シャチくん、逃げちゃ駄目っ」

氷川は頬《ほお》を薔薇色《ばらいろ》に染めたまま、ラグビー選手のような気分でシャチの背中に猛タックルを仕掛ける。

「……すみません」

シャチは背中に衝撃を受けても倒れなかったが、声は今にも消え入りそうなぐらい儚《はかな》い。

「こっちを向いて」

氷川はシャチの背中から下りると、顔を向かせようとした。……が、シャチは視線を合わせようとはしない。

「向けません」

「どうして?」

「目のやり場に困ります」

シャチに困惑気味の声で指摘され、氷川は何も身につけていないことに気づいた。豪華なシャンデリアの明かりの下、情交の生々しい跡がくっきりとわかる。

「……あ」

僕はなんてはしたない格好で、と氷川は自分の剝《む》きだしの下肢に戸惑った。太股《ふともも》にべったりと張りついているキスマークの記憶は確かだ。あの時、清和は野獣そのものだった。

「下がらせてください」

シャチは氷川の細い腕を振り切ると、大きなゴブラン織《おり》のタペストリーの裏に消えようとした。

間一髪、氷川は再びシャチの左腕に縋《すが》りついた。

「絶対に駄目っ」

「姐さん、二代目のことを考えてください」

シャチが苦しそうに視線を流した先には独占欲の強い男がいた。妬《や》いている様子はなく、素早い動作でベッドルームに向かう。たぶん、氷川の切羽詰まった気持ちが通じているのだろう。

「ここで逃がしたら、次はいつ会えるかわからない」

僕が服を着ていても逃げようとしたくせに、と氷川は心の中で文句を飛ばした。

「姐さんまで魔女と同じことを言わないでください」

「祐《たすく》くんとも会ったの？」

「寝込んでいました」

祐が臥《ふ》せっていなければ、無茶な要求を負わされ、この場に辿《たど》り着《つ》けなかったかもしれない。シャチからそんな心情が伝わってきた。

「……うん、祐くんは倒れてもおかしくない」

氷川が実戦向きではない参謀を案じた時、清和は仏頂面でベッドルームから戻ってきた。その手には純白の絹の寝間着やガウンがある。

「着ろ」

「着ている間にシャチくんが消えてしまう。心配していたんだよ」

氷川が声高に非難すると、シャチは辛《つら》そうに詫《わ》びた。

「……申し訳ありません」

「シャチくん、戻ってきてくれたんだね」

「申し訳ありません」

シャチは全身で否定しているが、氷川は構わずに続けた。

「謝らないでほしい。戻ってきてくれたんだ。ありがとう」

「……姐さん、まず、着てください」

「清和くん、シャチくんを捕まえていて」

氷川が険しい顔つきで言うと、清和は顰《しか》めっ面《つら》でシャチの肩を力強く抱いた。どうやら、不夜城の覇者も思うところがあるらしい。一度も失敗したことのない男の抜けた穴は大きく、諜《ちょう》報《ほう》部隊は幾度となく敵に遅れを取っていた。誰もがシャチの復活を望んでいたのだ。

「……それで？　シャチくんのことだから、サメくんを説得してくれたんだよね？」

氷川は手早く絹の寝間着を身につけ、薄手のガウンを羽織った。髪の毛はボサボサだが気にしない。

「サメは二代目が天下を目指すと思って手を貸しました。それだけです」

シャチがどこか遠い目で語ったことは、銀《ぎん》ダラやアンコウも口にしていた。裏切り者は清和のほうだ、とも。

「いったいそれは何？」

氷川が怪訝《けげん》な顔で聞くと、シャチは横目で清和を眺めながら答えた。

「姐さん、ご存じなかったのですか？」

「清和くんに天下を取らせる男、ってサメくんが言われていたことは知っている。サメくんたちの力が大きかった、って」

サメがいなければ不夜城の覇者は清和ではなかったと、真《まこと》しやかに囁《ささや》かれている。若い清和が破竹の勢いで不夜城を制した最大の理由は、サメが率いる諜報部隊の八面六臂《はちめんろっぴ》の暗躍だ。

「二代目にお聞きください」

「清和くんが喋るわけがない。シャチくんが教えて」

「姐さん、俺は下がらせてください」

「シャチくんなら、僕と清和くんの性格を摑《つか》んでいるでしょう。シャチくんの口から聞きたい」

一瞬の間。

氷川に根負けしたのか、清和の無言の受諾に折れたのか、シャチは抑揚のない声でポツリポツリと昔話を語りだした。

「……サメが帰国して興信所を経営していた頃のことです。フランス外人部隊時代を知る奴《やつ》らのスカウト合戦が激しかった。特に海外マフィアのスカウトがしつこくて参っていました」

サメが代表を務める興信所には銀ダラやアンコウ、シャチといった元フランス外人部隊の戦士が多く所属し、難解な依頼を引き受けていたという。氷川も興信所時代の活躍を何度も小耳に挟んだことがあった。イワシやシマアジ、メヒカリといった若手メンバーの大半は興信所時代にサメと知り合ったらしい。『ボスに助けてもらった』と、若手メンバーは口を揃《そろ》えた。

「外人部隊のニンジャ、ってサメくんが呼ばれていたのは知っている」

「外人部隊のニンジャと眞鍋《まなべ》組の組長代行に立ったばかりの二代目の力の差は大きかった。言いすぎかもしれませんが、当時の二代目は眞鍋組さえ、満足に仕切れない子供だったのです」

清和が意識の戻らない実父の代理として眞鍋組の金看板を背負った時、経済状況は逼迫《ひっぱく》していたし、不夜城の最も重要な核と称される一画を支配しているにすぎなかった。

『眠らない街を握るのは誰だ』

そんな賭《か》けが行われていたと聞く。

「橘高《きったか》さんがいても？」

「橘高顧問が若頭として睨《にら》みをきかせていなければ、二代目は組長代行就任から三日以内に消されていたでしょう。立場は脆弱《ぜいじゃく》だったのに麻薬を御法度《ごはっと》にした。古い組員から反感を買うのは必至」

新しい眞鍋組を模索している清和と古参の幹部の間で、激しい対立があったのは氷川も知っている。

「……っ……医療目的以外の麻薬は絶対に許されません」

「眞鍋の昇り龍と虎《とら》は何度も死にかけました。サメが初めて会った時もふたり揃って死にかけていました」

「……そ、それでサメくんが助けてくれたの？」

氷川が想像した出会いをシャチは事務的な口調で砕いた。

「助けを求められていないのに助ける必要はありません。サメが助けなくても、昇り龍と虎は自力で逃げました」

サメが初めて清和にかけた言葉は『お坊ちゃま、お助けいたしましょうか？』だ。瀕死の清和の返事は『失《う》せろ』だったという。シャチは独り言のように続けた。

清和も当時を思いだしているらしく、鋭い目を懐かしそうに細めた。悪い思い出ではないらしい。

「……そ、そんな……助けてあげて……」

氷川は想定外の出会いにショックを受けたが、シャチはなんでもないことのように言い切った。

「サメも俺も眞鍋の龍虎《りゅうこ》も、そういう男です」

「……そ、それで？　それでどうして清和くんとサメくんが？」

「これも運命だったのでしょうか？　昇り龍と虎が死にかけている場に二度、三度、偶然にも鉢合わせたのです」

一度目は偶然、二度目も偶然、三度目なら運命、ついでに宿命もミックス、と氷川の耳にサメの歌うような声が聞こえてきた。……ような気がした。三度目の正直、という言葉は氷川も実感した記憶がある。

「……運命？　じっくりゆっくり丁寧にその時のことについて聞かせてほしい。何を聞いても驚かないから正直に包み隠さず」

氷川の要領を得ない要望に対し、シャチはチラリと不夜城の覇者を見て、承諾を得たようだ。清和もサメという男の攻め方を思いだしたいのか、シャチの昔語りを止めようとはしなかった。

「……三度目でしたか、四度目でしたか、成功報酬一億円の仕事を遂行する現場で昇り龍と虎が追い詰められていました。放置していたらこちらの仕事に支障が出る。サメはジレンマに悩んだ」

実際、悩む間もありませんでしたが、とシャチは感情を込めずに運命の夜について語りだした。

落雷に混じって銃声を聞き取った時、シャチはサメや銀ダラの後方に待機していたという。依頼主所有の工場にターゲットではなく、招かれざる客が忍び込んできたのだ。正確に言えば、誰かに追われた血まみれの屈強な男がふたり。

……ただのガキじゃない。

眞鍋の新しいトップとお守りだ。

工場の周りに配置した奴らはどうして気づかなかった、とシャチは心の中で注意した。どんなトラブルがあっても、この現場に部外者を入れてはいけなかったのだ。サメの態度は変わらないが、内心ではイライラしている様が手に取るようにわかる。数日前に想定外の出費があり、成功報酬の一億円は是が非でも手に入れなければならなかった。

「俺はあの男たちを知っているぜ。サメも知っているだろう」

銀ダラがくぐもった声で言うと、サメも囁くように言った。

「眞鍋組の組長代行の橘高清和と幹部の松本力也《まつもとりきや》だ」

「龍虎になるように、橘高清和の入れ墨が昇り龍で、松本力也の入れ墨が虎だと聞いた」

「極貧ヤクザのお坊ちゃまとお守りだ。何をやったのか知らねぇけど、あれはだいぶ食らったぜ」

「ここで死なれると困るな」

身動きすらままならない薄暗い工場内で、眞鍋の二人組の負傷具合を摑んだのはシャチだけではない。銀ダラも瞬時に同じ判断をしたようだ。すなわち、どちらも即座に手当てしなければこの場で果てる。

「そうだな。俺たちの仕事に差し障りがある」

サメの声音には忍び込んできた眞鍋の若いふたりへの怒りが込められている。シャチも時間を確認し、焦燥感に駆られた。最悪の場合、橘高清和と松本力也を始末しなければならない。ヤクザの息子ならばともかく、松本力也が日光の高徳護国《たかとくごこく》流宗主の次男坊だと知っているから手を出したくなかった。剣道で有名な団体を敵に回したくない。

「追い払うか？」

「銀ダラ、蠅《はえ》みたいに追い払えるか？」

「蝿じゃないから飛べないよな」

「……ああ、とうとう力尽きて倒れたぜ」

「牧師を呼べばいいのか？」

「仏教徒が多いから呼ぶなら坊主だろ」

「呼ぶなら尼さんがいいな」

中東の激戦地でもそうだったが、サメと銀ダラの修羅場での呑気《のんき》な語らいは今に始まったことではない。

ボス、現実逃避している間に眞鍋のふたりが動かなくなった、とシャチは古い精密機械のそばに蹲《うずくま》った龍虎コンビに意識を留めた。依然として、ふたりの身体《からだ》からは夥《おびただ》しい血が流れ続けている。そろそろ意識は朦朧《もうろう》としているはずだ。

このまま無視していたら、今夜の一億の仕事が失敗するのは目に見えている。サメの名は一夜にして地に落ちるだろう。国内外の組織からのスカウト合戦が終わるのはいいが、今後の仕事がやりづらくなる。足下を見られ、安く買い叩《か》《たた》かれたら終わりだ。仲間を犬死にさせるだけの戦場には二度と送り込まれたくない。

……ボス、タイムリミット。

始末するか、しないか、指示をくれ、とシャチが急《せ》かそうとした瞬間、外人部隊で名を馳《は》せた指揮官が立ち上がった。

そうして、足音を立てずに、二匹の手負いの獣に近づく。

「お坊ちゃま、またお会いしましたね」

サメの白々しい微笑に対し、清和は鋭利な双眸《そうぼう》で応えた。意識を保っているのも辛いだろうに、闘争心は轟々《ごうごう》と燃え盛っている。

「…………」

「お助けいたしましょうか？」

……ボス、そうだな。

ここで貸しを作っておくのもいい。

ボスは貸しを作る気だな、とシャチはサメの心情を読み取った。追っ手の始末は工場の周囲で待機しているメンバーに任せればいい。野生動物しか生息していないような田舎だから、少々、派手にやり合っても大丈夫だろう。落雷交じりのどしゃ降りの雨の中、皆殺しにすればすむ。

それなのに、眞鍋の組長代行は不遜《ふそん》な目で睨み返した。サメに助けを求めなければ事切れるとわかっていないのだろうか。

「リズがお坊ちゃまに惚《ほ》れているので、リズとエッチ一回でお助けいたします」

……ボス、さすがだ。

情報収集に役立つ横浜のキャバ嬢が橘高清和にイカれているからちょうどいい、とシャチはサメが眞鍋の美丈夫《びじょうふ》に提示した交換条件に感心した。

「……失せろ」

眞鍋の昇り龍は地獄への蓋《ふた》が開いた状態でも、サメが差しだした手を拒絶する。傍らで呼吸を乱している虎にしてもそうだ。

ガキが強がりやがって、とシャチは心の底から呆《あき》れた。

何せ、眞鍋の若いふたりを追う団体が迫っている。工場外に配置されたメンバーは阻止せず、通過させたようだ。おそらく、阻止できなかったのだろう。

「お坊ちゃま、死ぬぜ」

サメが真面目《まじめ》な顔で断言しても、手負いの獣は傲岸不遜《ごうがんふそん》にもふっ、と鼻で笑った。

「……お前、鮫島昭典《さめじまあきのり》だったな……」

「サメ、ってお坊ちゃまなら特別に呼んでもいいぜ」

サメは悪戯《いたずら》っぽく人差し指を立てて言ったが、眞鍋の組長代行の眼光は鋭いままだ。不屈の精神は称賛に値する。

「……鮫島……俺に天下を取らせることができるなら助けてもいい」

……馬鹿《ばか》か。

天下って言ったよな？

それが死にかけている奴の言うことか。

そんな野心があるのに麻薬や人身売買を禁止にしたのか、とシャチは自分の耳を疑ってしまった。強がるにもほどがある。

サメも空耳だと思って確かめるように聞き直したようだ。

「……天下？」

「天下だ」

俺に天下を取らせる力があるなら助けてみろ、と眞鍋の昇り龍は暗に匂《にお》わせている。隣で血を流している虎も、同じ意見であることは火を見るより明らかだ。血化粧が施された龍虎コンビは世間知らずという一言ではすませられなかった。

……こいつら、俺が思っているような奴らじゃないのか？

大物なのか、馬鹿なのか、想像以上の器なのか、とシャチが売りだし中の龍虎コンビを見つめ直した瞬間。

「ガキ、死にかけのくせになんて尖《とが》っているんだ。出逢った頃の銀ダラの尖り具合を思いだしたぜ」

サメが呆れ顔で言うと、銀ダラは否定するように大きく首を振った。

「ボス、俺はここまでひどくなかった」

「ナイフみたいに尖っていたぜ」

「俺はいつでも死ぬ覚悟があった。そのガキに死ぬ覚悟はない」

銀ダラが真顔で指摘したが、シャチも同じ見解を持っていた。昇り龍にしろ、虎にしろ、黄泉《よみ》の国に旅立つ覚悟はしていない。現世に留《とど》まる気でいる。その自信の根拠がどこにあるのか、シャチには見当もつかない。

「死ぬ覚悟がないのにどうしてそんなに尖っているんだ？」

サメが不可解そうな目で聞くと、眞鍋の未成年は苛烈《かれつ》な怒気を漲《みなぎ》らせた。

「無駄口を叩いている暇があったら消えろ」

「可愛《かわい》くないな」

……おい、さっさと助けを乞《こ》え。

どんなに強がってもそろそろアウト。

度を越した強がりは身を滅ぼす、とシャチが凄絶《せいぜつ》な修羅場を思いだした時、サメは忌々《いまいま》しそうに地面に落ちていた缶ビールの空き缶を清和に向かって蹴《け》り飛ばそうとした。

その矢先、とうとう追っ手が現れた。

『ボス、ヤクザみたいな男たちが団体でこちらにやってきます』

『ボス、凶器持ちの集団が乗り込んできた』

『ボス、拳銃持ちの男が十三人、長刀が八人、短刀が十五人、ジャックナイフが二十七人

……三十人、侵入……戦争ゲームじゃないと思う』

工場の周辺に配置されたメンバーたちから続けざまに報告を受け、シャチは息を吐きな

がらライフルを構えた。

『シャチ、眞鍋の組長代行と幹部を助けてくれ。ほら、貧乏ヤクザのくせに、長江《ながえ》組系の団体に騙《だま》されて売られたベトナムの子たちを助けてあげたんだよ。だから、ますますド貧乏になったし、眞鍋のジジイたちからも反感を買ったんだ。ヤクザなのに立派だよ……俺のママも騙されて売られたんだ』

ベトナム人の母を持つメンバーが甲高い声で捲《まく》し立《た》てた後、フィリピン人の母を持つメンバーも声高に続けた。

『シャチ、俺も同じ気持ちだ。俺のママも騙されて売られてきたんだ。助けてやってくれよ。シャチなら助けられるだろう』

『シャチ、俺に助ける力があれば助ける。眞鍋のふたりを助けてやってくれ。俺の母も騙されて売られて、父親のわからない俺を産んだ……頼む……』

『シャチならボスも文句は言わない。眞鍋のボスを助けてくれ。俺の母がどんな人生だったか知っているだろう。警察も慈善団体も教会も助けてくれなかった。眞鍋のボスみたいなヤクザは貴重だ』

人身売買の被害者の血を受け継ぐメンバーたちが、極秘でシャチに連絡を入れてきた。揃いも揃って、眞鍋の昇り龍コンビの命乞いだ。経済的に困窮しているくせに、騙されて売られてきた外国人を救いだしたから、彼らにとっては英雄に映るのだろう。サメとシャチの意見は『自分から敵を作った馬鹿』や『自殺行為』や『ガキの任侠《にんきょう》ごっこ』で一致したが。

どちらにせよ、タイムアウト。

一億円の仕事を成功させるためには、眞鍋のふたりを追う団体に対処しなければならない。つまり、眞鍋の龍虎を助けなければならない。

サメは観念したかのように、数多《あまた》の激戦地をともに潜《くぐ》り抜《ぬ》けてきた戦友の肩を叩いた。背後に白旗が見えないこともない。

「……おい、銀ダラ、一個小隊じゃなかったな」

「……おう、ボス、戦争ゲームじゃなくて本物の戦争だな」

銀ダラは今までの戦場と同じようにウインクを飛ばし、古い研磨機の裏に隠していた散弾銃を取りだした。シャチと同じく逃げる気は毛頭ないようだ。

「坊ちゃん、今から乗り込んでくるヤクザの団体の狙《ねら》いは坊ちゃんだな」

疫病神め、と溜《た》め息《いき》混じりに睨みつけるサメの鬱憤《うっぷん》がひしひしと伝わってくる。ただ、シャチには妙な高揚感があった。正直、クソ生意気な組長代行とお守りの側近を助けたくなったのだ。

「逃げろ」

「坊ちゃんたちはどうするんだ？」

「お前には関係ない」

「可愛くないな。助けてくれ、って一言でいいんだぜ」

その一言で助けてやる、とサメは目で訴えたが、手負いの獣のプライドが高すぎた。

「必要ない」

「意地っ張り」

「散れ」

「ガキ、突っ張るのもそこまでにしておけよ」

「消えろ」

眞鍋の頂点に立つ男が射るような目で凄んだ瞬間、廃墟《はいきょ》と化した工場内が煌々《こうこう》と明るいライトで照らされた。人相の悪いヤクザの集団が凶器を手に乗り込んでくる。

「眞鍋のガキども、どこやーっ」

「あのベトナム人たちは俺らが買い上げて、上野の店に売ったんや。れっきとした商売やでーっ」

「インド女も逃がしやがったな。インド女は保険をかけるぐらい大切な商品なんやでーっ」

「うちのシノギにケチをつけて、タダですむと思うな。説教は地獄で閻魔《えんま》さんにしてもらえーっ」

ズガガガガガガッ、とヤクザの集団の罵声《ばせい》とともに発射される銃弾の嵐《あらし》。

……サメの負け。

やるか、とシャチは乗り込んできた男たちにライフルを向けた。最前線にいる若い男たちは銀ダラの散弾銃の餌食《えじき》だ。シャチが冷静に狙うのは、後方にいる指揮官らしき男だ。ボス格の男も兄貴分の男も一発で仕留めた。

撃ち合い自体、一分もかからなかった。

裏切りの激戦地を生き延びたチームにとって、ヤクザの集団はヒヨコに思えた。遺体の後始末は新入りのメンバーの仕事だ。

「坊ちゃん、礼のひとつぐらい言えよ」

サメは一仕事終えたとばかりに軽い屈伸運動をすると、呻《うめ》き声《ごえ》ひとつ漏らさなかった清和に声をかけた。

「鮫島、俺に天下を取らせたいのか」

昇り龍に感謝の念は清々《すがすが》しいぐらいなかった。傍らの虎の表情もまったく変わらず、拳銃を握っている。

「参考までに聞く。天下を取ってどうしたい？」

「麻薬と人身売買を禁止する」

清和の言葉を聞き、衝撃を受けたのはシャチだけではない。サメは顔色を変え、即座に言い切った。

「無理だ」

「無理か？」

「大天使ミカエルと聖母マリアを生け捕りにするより難しい」

「変な奴だな」

「今、ここでそれを言うか？」

クソ生意気な子供と歴戦の戦士の関係は、あの落雷の夜で決まった。高い理想を掲げた子供に天下を取らせたくなったのだ。シャチもサメも銀ダラも人という生き物の醜悪さをあまりにも見すぎたから。

そこまでシャチは一気に語ると、どこか物悲しい笑みを浮かべた。

「……そ、それで？　それでサメくんが清和くんに？　清和くんはそんな天下とか、なんとか、大それたことを言ったの？　……そんな……それで？」

氷川が驚愕《きょうがく》で前のめりになると、清和の大きな手に抱え直される。

「……たぶん、あの時、サメは二代目に惚れたのでしょう。ラブでもアムールでもないから誤解しないでください」

シャチの、嫉妬深《しっとぶか》い二代目姐を知っているからこその補足だ。

男が男に惚れる。極道界のみならずそういった類《たぐ》いの言葉は、世知辛い現代にも残っている。どんなに時代が流れても変わらないのかもしれない。

「……そ、それはわかっている」

「……実はその後、サメと龍虎コンビの立場が逆転しました。死にかけのサメと新入りを眞鍋の龍虎コンビが助けたのです。サメの忠告も聞かず、新入りが熱くなって罠《わな》に落ちて……サメは見捨てずに助けだそうとした」

どんな経緯があっても、サメは部下を助けようとする。軽薄そうに見えるが、意外なぐらい部下思いだ。

見捨てるしかない、とシャチは銀ダラやアンコウたちとともに新入りの死を覚悟したが、サメは命の危険も顧みずに救出した。癖のある戦士がサメに一目置く所以《ゆえん》だ。

「鶴《つる》の恩返しでもなくて狸《たぬき》の恩返しでもなく……じゃなくて、清和くんの恩返し？」

昔気質《むかしかたぎ》の極道の教育を叩き込まれているから、清和は命の恩人をみすみす死なせたりはしないだろう。たとえ、サメにどのように茶化されても。

「その夜でお互いの誤解が解けたのです」

「……誤解していたの？」

「誤解が解けた後は早かった」

「……は、早かった？」

「サメは姐さんにも惚れています。俺もこの世にこんな聖人がいると思わなかった」

シャチに照れくさそうに告げられ、氷川は思いきり戸惑った。

「僕は聖人じゃない」

「聖人です。どうして自分の欲望のために、俺たちを利用しないのでしょう」

シャチは聖母マリアを見るような目で氷川を貫く。サメにしろシャチにしろ銀ダラにしろ、人はどこまで残酷になれるか、競うような世界で生き抜いてきた。氷川のような人間はどこにもいなかったのだ。

「……え？」

「人の欲望には限りがない。どんな聖人もちょっとした隙《すき》を突かれ、落ちる。自分のために肉親も恩人も平気で地獄に叩き落としますから」

シャチの全身に辛酸を嘗《な》め尽《つ》くしてきた者だけが知る悲哀が漲る。人は人を裏切る生き物、という基本的な考えが伝わってきた。

「……悲しい世界で生きてきたんだね」

「今までの姐さんの言動には驚かされるとともに感動しました……たぶん、サメも銀ダラもアンコウも……地上の地獄を知っている奴らはみんな……」

シャチは深淵《しんえん》に沈めていた気持ちを吐露したが、いつになく要領を得ない言葉だ。どうやら、照れているらしい。

「……そういうことを言われると、僕のほうがびっくりする」

「サメは二代目に天下を取らせるつもりで下につきました。裏切り者は二代目です。姐さん、二代目を怒ってください」

　シャチは公約違反を批判するような声音で続けた。追い詰められたサメと新入りメンバーに清和がかけた言葉は『助けてやろうか？』だ。サメの返事は『お坊ちゃまが天下を取るなら助けてもいい』だったという。昨日の友が今日の敵になるように、昨日の敵が今日の友になる。

「それは違う。清和くんは裏切り者じゃない」

　可愛い男が天下について口にしたとは予想だにしていなかった。それでも、裏切り者だとは思わない。

「今回、銀ダラと一緒に残った奴らは外国の血が混じった奴が多い。理由はわかりますね？」

「……お母様が人身売買の被害者とか？」

　氷川が悲痛な面持ちで尋ねると、シャチは肯定するように頷《うなず》いた。

「闇《やみ》組織にとって人身売買は重要なシノギです。中でも長江組系の手口は汚くなる一方です。止められるのは二代目だけです」

「僕も人身売買は許せない。ただ、清和くんの天下とか、そんなのはやめてほしい。とりあえず、サメくんを連れ戻して」

「無理でした。今夜はその報告に上がったのです」

シャチは密《ひそ》かにサメに接触し、固い決意を翻せないと判断したらしい。無理もない、と
サメの肩を持っている気配があった。

「シャチくん、サメくんを本気で説得しようとしてくれた？」

氷川の問いへの返事はないが、シャチは初志を貫こうとするサメについて明かした。

「サメは一徹長江《いってつながえ》会の平松《ひらまつ》会長として長江組系暴力団をすべて制圧するつもりです。二代
目は決断を迫られています」

「……決断？　どんな決断？」

「裏社会の頂点に立つか、サメを消すか、ふたつにひとつ……」

シャチの言葉を遮るように、氷川は金切り声で叫んだ。

「どっちも駄目ーっ」

「二代目もご存じの通り、ふたつにひとつです」

シャチは顔面蒼白《そうはく》の氷川から、決断を求めるように清和に視線を移した。つられるよう
に、氷川も清和に目を留める。

「清和くん、どっちも駄目だよ」

グッ、と氷川が清和の腕を摑んだ瞬間、微《かす》かに風が吹いた。

「…………」

清和の鋭い目が細められ、はっ、と氷川も気づいて振り返った。

「……え？　清和くん？　……あ、シャチくん？　シャチくん、どこに行ったの？」

ほんの一瞬の間に、シャチは忽然《こつぜん》と消えていた。チーム随一、と称された実力を目の当たりにした気分だ。

「清和くん、どうしてシャチくんを止めなかったの」

氷川が目を吊《つ》り上《あ》げて咎《とが》めると、清和は口元を軽く歪《ゆが》めた。不夜城の覇者はシャチの報告に心から感謝している。

「…………」

本来、シャチは危険を冒してまでサメに接触したり、清和に報告したりする義務はない。おそらく、清和やリキも求めてはいなかった。

「……え？　今のがシャチくんの精一杯の礼儀？　仁義みたいなもの？」

「…………」

「……も、もう……今の二者択一は駄目だよ。絶対にどちらも許さない……清和くん、どうして天下とか、サメくんに言ったの？」

氷川は在りし日の清和がサメに放った言葉が腹立たしい。素直に助けを求めればよかったのだ。

「…………」

だ理解に苦しむ。

冗談でもないし、強がりでもないことはなんとなくわかっている。群雄割拠の戦国時代でもあるまいし、呆れるぐらい口下手な男がどうしてそんなことを言ったのか、氷川は甚

「天下を取るつもりだったの？」

「…………」

「天下を取るつもりだったの？　清和くんにそういう野心はなかったよね？」

氷川が探るような目で言うと、清和は重い口を開いた。

「麻薬と人身売買が嫌いだ」

「それはよくわかっている。僕も同じだ」

「…………」

あの時サメに助けられるのが癪《しゃく》に障った、と清和はどこか少年のような目で告げている。高い矜持《きょうじ》がいろいろと作用した結果らしい。

裏社会の統一を求め、蹴り飛ばすことになった清和の心中の波をなんとなくだが、氷川は読み取った。

「……え？　その時、サメくんに助けてもらいたくなかったの？　……で、深いことは考えずに勝手に口から出たの？」

氷川は呆気《あっけ》に取られたが、清和は憮然《ぶぜん》とした面持ちで流す。当時のサメに反感を持って

いたことは間違いない。シャチの説明にもあったが、清和とサメはお互いに誤解していたのだ。大勢の思惑が入り乱れていたから、惑わされても仕方がないのかもしれないが。

「……そ、そうなの？　天下を取る野心がないのにそんな大それたことを言ったの？」

「…………」

「強がりじゃないよね？　強がりじゃないのはわかるけど……清和くん、無茶苦茶だ」

氷川は知らなかった愛しい男の一面に驚愕した。こういうタイプだとは夢にも思っていなかったのだ。

「……おい」

無茶苦茶は誰だ、と清和の鋭い目は雄弁に語っている。

「……もう……言いたいことがありすぎて何から言えばいいのかわからない……けど、やっぱり、僕がサメくんに会ってくる」

氷川が意志の強い目で宣言すると、清和の男らしい眉《まゆ》が顰《ひそ》められた。

「よせ」

「任せて」

「……頼む」

珍しく、清和の顔に感情が出ているが、氷川の胸はいっさい痛まない。ただ、優しい声音で慰めた。

「清和くん、そんな苦しそうな顔をしないで」

「やめろ」

「二者択一、どっちも選んじゃ駄目だよ」

シャチが口にした二者択一が恐ろしくも現実味を帯びているから、氷川はいてもたってもいられなくなる。

「わかっている」

「どうするの？」

「忘れろ」

「無理だよ」

氷川が楚々《そそ》とした美貌《びぼう》を歪めた時、清和のスマートフォンに着信があったらしく、その場で応対した。

「……わかった」

清和はスマートフォンを手にしたまま、幻の高級酒が揃えられたミニバーを横切り、百合《ゆり》をモチーフにした意匠が細工された扉に進んだ。

「清和くん、どこに行くの？」

氷川も慌てて広い背中を追うと、咎めるような声が返った。

「仕事は？」

休むつもりはないのだろう、と清和の目は雄弁に詰《なじ》っている。どこか、諦《あきら》めているような感情も込められていた。

「……あ、そうだね。シャワーを浴びてくる……あ、清和くんもその格好で出歩かないほうがいい。一緒にシャワーを浴びて、朝ご飯を食べよう」

氷川が清和のガウン姿を指摘すると、素直にバスルームについてきた。ふたりで適温のシャワーを浴び、氷川は情交の名残を洗い流す。

「清和くん、そんないやらしい目で見ないで」

「…………」

「今の僕は惑わされない」

シャチとの再会に気が昂《たか》ぶっているのか、清和の目に下心が混じっても平気だ。濡《ぬ》れた唇に触れるだけのキスを落とす。

「清和くん、どうしてこんなに可愛いんだろう」

「…………」

「さっさと出ないと朝ご飯を作って食べている暇がないけど……」

キスは命取りか、セーフか。結局、シャワーだけで清和と離れられず、一緒に適温の湯を張ったバスタブに浸《つ》かった。天使の彫刻が施されたバスタブは広々としているが、氷川は愛しい男の頑強な身体に密着する。

「清和くん、夢じゃないよね?」

「ああ」

「シャチくんが言っていたことは嘘《うそ》じゃないね」

「……ああ」

白い湯気の向こう側に、シャチの苦渋に満ちた顔やサメのコスプレ姿がまざまざと蘇《よみがえ》る。ベトナム・マフィアの幹部の言葉も耳に木霊した。人権が保障されている現代日本でも、あってはならないことがまかり通っている。

「清和くん、麻薬と人身売買の件は正道《まさみち》くんに託そう」

警察や慈善団体が頼りにならないと、裏社会を泳ぐ者たちは口を揃えた。しかし、警視総監最有力候補のひとりである二階堂《にかいどう》正道ならば信じられる。辟易《へきえき》するほど潔癖だし、優秀だから、どんな誘惑や罠にも落ちないはずだ。

「よせ」

「正道くんなら正義を貫いてくれる」

氷川は氷のような警察キャリアの正義に光明を見いだした。正道は名家の令息だし、警察関係者が多い高徳護国流という後ろ盾があるから、そう簡単に上からの圧力に屈しないだろう。いざとなれば、ちょっとした縁のある厚生労働省のキャリアや麻薬取締官《まやくとりしまりかん》にも協力を仰げる。

「やめろ」

清和の顰めっ面に影響されたようにバスタブの湯の温度が下がったような気がした。もちろん、氷川は気にしない。

「……そういえば、正道くんとリキくんの話は……それどころじゃなかったからすっかり忘れていたけれど……進展はあったんだよね？」

降って湧《わ》いたような石頭の初恋騒動からラブホテル滞在話まで、今でも作り話だとしか思えないが、今回はどうも様子が違うらしい。先だって、色恋のプロであるホストクラブ・ジュリアスのオーナーから見解を聞いたところだ。『例の夜、虎と氷姫はエッチしたと思います』と。

「……………」

「リキくんと正道くんがラブホテルに入ったのは事実だよね。リキくんはなんて言ってた？」

オーナーの見解を明かさず、氷川は探るような目で清和を見つめた。

正道は昔から天下無双の剣士以外に興味が持《も》てなかったという。血が通っていないかのような氷の美貌の持ち主だが、リキに対する想《おも》いは悲しいまでに一途《いちず》だ。残念なことに恋をしているようには見えないが。

「……………」

「清和くん、リキくんに聞いていないの？　……聞いたよね？　聞いているでしょう？」

ツンツン、と氷川は濡れた指で愛しい男のシャープな頬を突《つつ》いた。

プライベートにはいっさいタッチしない、とリキは二代目組長夫妻の口論には関《かか》わらず、その冷徹な態度は一貫している。リキは自身のプライベートからも清和を排除しているのだろうか。よく考えれば、今回は宋《そう》一族が絡んでいるだけに無関係ではないのに。

「……………」

「清和くん、どうしてこっちを見ないの？」

清和が意図的に目を合わせないことに気づいた。グイッ、と強引に自分のほうに向かせようとする。

だが、愛しい男は仏頂面で腰を浮かせかけた。

「まだ出ちゃ駄目だよ」

間一髪、立ち上がろうとする清和の腕を捕まえる。バシャッ、と湯面が派手に揺れ、氷川の清楚《せいそ》な美貌を濡らした。

「……………」

「清和くん、僕を見たくないの？」

氷川は全神経を集中させて、命より大切な男を凝視した。必死になって逃げようとする視線を追う。

「…………」

「……え？　何か隠しているの？」

目を合わさない理由はひとつしかない。すなわち、墓場まで持っていきたいトップシークレットを暴かれたくないのだ。

「…………」

「……とうとう浮気した？　……違うよね？　…………違うね」

「…………」

気づくな、と清和の内心の動揺をなんとなく読み取ることができた。本人は全精力を傾けて隠し通そうとしているらしいが。

……わかった。

そうだよね。

やっぱり、と氷川の瞼《まぶた》に幸福を拒絶している修行僧と氷のキャリアが過《よぎ》る。噂《うわさ》の夜、ラブホテルで将棋を指したわけではない。オーナーの見解が当たっていたのだ。

「……あ、リキくんと正道くんは結ばれたんだね？」

氷川が上ずった声で指摘した瞬間、清和の深淵に沈めていた思いが漏れたような気がした。しまった、と。

眞鍋の昇り龍の表情はこれといって変わらない。

だが、氷川にはなんとなくわかった。

「やっとふたりは幸せになったんだね？　実はジュリアスのオーナーにふたりについて聞いていたんだ。やっぱりそうだったんだ」

伊達《だて》におむつを替えていない、と氷川が頰を紅潮させて続けると、立ちこめる白い湯気の中に不動明王が浮かび上がった。……そんな気がした。

「……黙れ」

リキ、すまない、と不夜城の覇者が右腕とも頼む男に心の中で詫びている。どうやら、隠し通すと誓ったらしい。

「あのリキくんとあの正道くんがやっと結ばれたんでしょう。奇跡の一夜があったんでしょう。オーナーの見立てもあるし、誤魔化そうとしても無駄だよ。お赤飯を炊こう」

……よかった、よかった、よかった、と氷川は自分でもわけがわからないが、赤飯を炊いて祝いたくなった。眞鍋組のみならず桐嶋《きりしま》組やホストクラブ・ジュリアスにも配りたい心境だ。

「黙ってくれ」

「僕は嬉しい。とってもとってもとっても嬉しい……どう言ったらいいのかわからないぐらい嬉しい……なのに、リキくんと正道くんを祝福してあげないの？」

ペチッ、と氷川は筆で描いたような眉を顰め、愛しい男の鋼のような胸を叩いた。警察のキャリアだから反対しているのだろうか。

「利用させない」

清和の険しい顔つきにより、今さらながらにリキと正道の立場の違いを思い知る。もはや、高徳護国流でともに武勇を競った剣士同士ではないのだ。

「……そんなの、当然だよ。リキくんはヤクザでも、正道くんには正義を貫いてもらう……あ、祐くんが利用しようとしているんだね」

清和が懸念している原因に気づき、氷川は口に手を当てた、前々から眞鍋で一番汚いシナリオを書く策士は、リキに警視総監最有力候補の昔馴染《むかしなじ》みと関係を持つように圧力をかけていた。その理由は確かめるまでもない。

「祐のシナリオは汚い」

祐は私利私欲のためではなく、眞鍋のため、二代目組長のために策を巡らせる。清和も理解しているが、受け入れがたい策が多いようだ。

「うん、祐くんのシナリオは汚い。祐くんなら正道くんを利用してどんなシナリオを書くか……けど、正道くんなら麻薬も人身売買もなんとかしてくれそうな気がする。正道くんの正義を眞鍋がバックアップすればいい」

正道を陰からリキや諜報部隊が全力で支えたら、麻薬撲滅も人身売買撲滅も現実味を帯びてくる。清和が裏社会の頂点に立つ必要はない。

「やめてくれ」

「僕、麻薬と人身売買を地上からなくしたい。清和くんと同じ気持ちだよ」

氷川が意志の強い目で言うと、清和は軽く口元を歪めた。

「理想論だと笑われた」

「理想論でも堂々と言った清和くんは立派だと思う。僕の誇り」

裏社会のボス云々《うんぬん》がかかっているから告げたくなかったが、口にせずにはいられなかった。称《たた》えるように、氷川は愛しい男の唇にキスを落とす。

チュッ、と優しく触れて離れた。

もっとも、清和は想定外だったらしく照れくさそうに目を細める。ただ、周りの空気が柔らかくなった。

「……けど、誇りに思うけど、やっぱり裏社会のボスはいやだ」

氷川が肩に力を入れてつけ加えると、清和は納得したように再び目を細めた。

「…………」

「僕の気持ち、わかってくれるね？」

「…………」

「清和くん？　返事は？」

氷川が求めた言葉の代わりに、清和の切羽詰まったような思いが飛びだした。

「リキと正道さんのことは明かさないでくれ」

「覚えておく」

……オーナーが言っていたけど、ふたりは今までと同じなのかな？　ちゃんとつき合っているわけじゃないのかな？

あのふたりに交際とか、そういうのは想像できないけれど、と氷川は眼底にカチコチの石頭と氷の人形を並べた。オーナーの言葉も思いだす。『姐さん、そこが虎と氷姫の一筋縄でいかないところです。エッチ一回で恋人ムードを出していたら、サメや眞鍋の男たちもあんなに悩まなかったでしょう』と。

今、あのふたりがどんな関係なのか見当もつかないが、面白半分に吹聴したりはしない。けれど、ふたりの幸せを確かなものにするために何かしてしまうかもしれない。

氷川があえて言葉を濁すと、清和の眉間《みけん》の皺《しわ》が深くなった。

「……おい」

「僕、ふたりには幸せになってほしい」

氷川の妄想は四回転ループを決め、スパイラル、スピンの後に正道の白無垢《しろむく》姿に着地した。リキは袴《はかま》姿で三三九度。

「やめろ」

「ふたりはどんなデートを……あ、今はそんな余裕はない。正道くんもリキくんの心配をしていたよね」

氷川の開花した妄想がさらに肥大した時、清和は何かを察したらしく、バスルームのドアを開ける。

すると、吾郎《ごろう》の声が聞こえてきた。

「二代目、姐さん、申し訳ありません」

「吾郎、何があった？」

「二代目、至急、総本部に」

吾郎が言い終えるや否や、清和はバスタブから出た。シャワーを軽く浴びた後、手早く身なりを整えて眞鍋組総本部に向かう。

最愛の恋女房にはキスどころか一言もなかった。

氷川も命より大切な年下の亭主をキスで送りだすことはできなかった。何者も寄せつけない闘う男の顔をしていたから。

「……いったい何があった？」

氷川の大きな不安がさらに巨大になったことは言うまでもない。それでも、仕事を休む気は毛頭なかった。

清和が闘う男ならば、氷川は人の命を預かる医師だから。

# 5

いったいどんな思惑があるのか不明だが、勤務先への送迎係はサメに扮《ふん》した銀《ぎん》ダラだ。今の諜報《ちょうほう》部隊の実質的なトップがする仕事ではない。

「銀ダラくん、僕の送迎なんてしている暇はないでしょう」

氷川《ひかわ》が困惑顔で指摘すると、銀ダラは楽しそうに笑った。

「ノンノンノンノン、一番大切な任務ですよ。気分は愛の逃避行」

「仕事が終わったら愛の逃避行をしたい」

予期せぬ一連の出来事により、サメと直《じか》に会って話し合わなければならないことは明白だ。どうやって接触するか、氷川は真剣に悩んでいた。宋《そう》一族やアンコウたちに拉致《らち》される方法を考えていたが、銀ダラに連れていってもらうのが一番手っ取り早いかもしれない。一緒に説得すれば効果も大きくなるだろう。

「麗しのマダム、ステキな考え。逃避行先はどこにしよう?」

銀ダラは口笛で有名なシャンソンを吹いたが、これはサメの癖ではなかったはずだ。

「名古屋《なごや》か大阪《おおさか》か神戸《こうべ》か……そこら辺だね」

一徹長江《いってつながえ》会の平松《ひらまつ》会長ことサメがどこにいるのか、氷川には見当もつかない。長江《ながえ》組幹部に拉致され、サメと思いがけなく再会を果たした場所は一徹長江会の名古屋支部だった。今もサメは名古屋制圧の手を緩めてはいない。

「……おぅ、魔女の黒魔術の威力を感じられるかもしれない」

銀ダラにきちんと氷川の思惑が届いたらしく、苦笑を漏らしながら怒髪天を衝《つ》く祐《たすく》に言及した。車内にふたりだけしかいないからか、すでに周知の事実と化しているからか、銀ダラの声音や口調もサメではない。

「祐くんは倒れたんでしょう？　様子は？」

線の細い参謀を診察したいのは山々だが、拒否される自信があった。国宝級の意地っ張りだ。

「魔女は特製マムシが効いたのか復活して、シャチ捕獲命令を飛ばしましたぜ。うちのゾンビチームにそんな力はないのに」

「うん、シャチくんを捕まえてほしい」

「……でね、シャチにも無理なら、姐《あね》さんでも無理だと思います。ダイアナの下僕の説得は諦《あきら》めてください」

銀ダラは宥《なだ》めるように言ってから、交差点の赤信号でブレーキを踏んだ。車内に漲《みなぎ》る哀愁が凄《すさ》まじい。

「そんなことを言うために今日の運転手になった？」

氷川が身を乗りだして聞くと、銀ダラはふ〜っ、とこれ見よがしに大きな息を吐いた。

「察してください。麗しのマダムが鉄砲玉に変身することが一番怖い」

「シャチくんから清和《せいわ》くんとサメくんたちの昔話を聞いた。どうするの？」

「シャチにあの昔話をさせる離れ業は麗しのマダムにしかできないでしょう。ついでに二代目の本心も教えてください」

銀ダラは周囲を窺《うかが》いながら、青信号でアクセルを踏んだ。前方を進むセダンも後方の軽トラックも眞鍋《まなべ》組関係者が運転している。

「清和くんの本心？」

「二代目が取るべき道はふたつにひとつしかない。どちらになりますか？」

銀ダラの辛《つら》そうな声により、シャチの言葉が蘇《よみがえ》った。確かめなくてもわかるが、氷川は確固たる意志で惚《とぼ》けた。

「眞鍋組を眞鍋食品会社にするか、眞鍋寺にするか、どうしたらいいのかな？」

「ノンノンノン、麗しのマダム、わかっているくせに硬くなったエスカルゴより笑えないエスプリを炸裂《さくれつ》させないでくれ。もうそんな時間はないのさ」

銀ダラの口ぶりからタイムリミットが迫っていることを知る。長江組の大原《おおはら》組長並びに関東の大親分から文句が入れば、清和の立場は一瞬にして崩れ落ちるかもしれない。清和が総本部に呼びだされた内容が気になるが、銀ダラに尋ねても答えてくれないことはわかっていた。

「裏社会のボスになるか、サメくんを……？　その二者択一は絶対に許さない。銀ダラくんもそのつもりで」

「魔女や虎《とら》はサメをヒットする算段を練った。あとは二代目のGOサインをもらうだけさ」

予想だにしていなかった非情な対処に、氷川は背筋を凍らせた。

「絶対に駄目、許さないっ」

「じゃあ、仕事が終わったら真っ直《ます》ぐシマに戻って、魔女と虎に泣きついてくれ。俺たちがどんなに頼んでも、魔女と虎は動かない」

あのふたりの意見が一致したら二代目でも覆せない、と銀ダラは内情をボソボソと明かした。ひょっとしたら、この懇願のために送迎係を担当したのかもしれない。銀ダラが相棒に等しい戦友を失いたくないことは明白だ。

「銀ダラくん、僕が泣きつくのは祐くんとリキくんじゃなくてサメくんだ。僕がサメくんたちに拉致されるように隙《すき》を作ってほしい」

「だから、それ、それはノンノンノンノン。麗しのマダムは麗しい人形のままでいてくれ。鉄砲玉根性はノンノンノンノン」

銀ダラはシャンソンを歌うように言ったが、氷川はモンスター患者並みの剣幕で断言した。

「それ以外に手はない」

「二代目の天下」

銀ダラが今でも清和の裏社会統一を望んでいることは聞くまでもない。氷川は勢いよく運転席の背もたれを叩《たた》いた。

「だから、それは駄目だよ」

「二代目が約束通り、天下を取ったらすべて丸く収まる。このままじゃ、二代目ファンクラブが反乱を起こすぜ」

二代目ファンクラブ、というかつてない団体名に氷川の心が軋《きし》んだ。勤務先にはストーカーに悩まされ、心身を壊したというアイドル患者が極秘で入院している。女性スタッフが色めき立ち、すべて男性スタッフが担当することになった。

「清和くんのファンクラブ？　どこの女性たち？　おっかけ、というかストーカー？　清和くんにたくさん張りついているの？」

「ベトナム・マフィアのダーは二代目のファンクラブみたいなもんだ。マダムはピュア系の幹部と会ったことがあるだろう」

銀ダラが口にしたダーの幹部は、氷川も記憶に新しい。清和の裏社会統一を氷川に迫ったが、素朴そうな青年だった。

「……あ、騙《だま》されて売られてきたっていうベトナムの青年？　……あ、ベトナム・マフィアのダーがどんな反乱を起こす？」

「二代目を裏社会のボスにするため、ダーが一徹長江会に協力しそうな勢いだ。ピュア系幹部がヒットマンに立候補しているらしいが……ダーまで絡んだらさらにこじれる」

勘弁してくれ、と銀ダラは独り言のように零《こぼ》しながらハンドルを左に切る。おそらく、想像を絶する混沌《こんとん》とした戦争になるに違いない。

「絶対に駄目。ダーが清和くんのファンならサメくんの説得に協力させよう」

「マダムもダーの幹部に直接お願いされたからわかっているだろう。……ほら、二代目が貧乏時代に助けた人身売買の被害者だからさ。二代目への情熱が焼きたてのチーズグラタンの下の鉄板」

「銀ダラくんなら止められる。止めて」

君ならできる、と氷川は熱血教師のような気迫で銀ダラに迫った。

「マダム、無茶ぶりゲームをしているような気分だぜ」

「銀ダラくん、ゲームじゃない。本気だ」

氷川と銀ダラのなんら実りのない会話は目的地に到着するまで続いた。背の高い草木が生い茂る空き地で、氷川は送迎車から降りる。

「銀ダラくん、ありがとう。仕事中はガードしてください。仕事終了後なら拉致される。

いいね？」

「鉄砲玉マダム、俺は魔女特製のオムレツの具になりたくないから聞かなかったことにする。いいね」

夏の太陽が照らす草むらから、サメの部下や宋一族のメンバーは現れない。長江組関係者や海外闇《やみ》組織の影もない。

氷川は逸《はや》る気持ちを静かに切り替え、豊かな緑に囲まれた勤務先に向かった。命を預かる医師として励むだけだ。

明和《めいわ》病院は拍子抜けするぐらい普段と変わらなかった。特権階級の権利を病院でも駆使しようとする患者も嫁の愚痴を零すセレブ患者も食事制限を拒む美食患者も通常通り。せわしない午前診察を終えた後、医局に戻れば話題は依然として関西ヤクザ大戦争だ。メディアの影響もあるだろうが、今日も熱気が一段とすごい。

「とうとう長江組はおしまいだ。一徹長江会が名古屋の長江組系暴力団を制圧したらしい。平松会長の腹心の大橋《おおはし》っていう幹部がすごいぞ。昨夜は最後の抵抗勢力の組長が心不全で亡くなっているが、殺されたんだろうな。名古屋を制圧したら後は早いみたいだ」

女癖の悪さで定評のある外科部長がしたり顔で捲《まく》し立《た》てると、眼科部長がスポーツ新聞を手に反論した。

「……いや、こっちの新聞では長江組の優勢を伝えていますぞ。なんでも、長江組は韓国《かんこく》マフィアの力を借りて、一徹長江会を潰《つぶ》しにかかるとか……穏健派の大原組長が重い腰を上げたらしい。平松会長と幹部の大橋の命運もこれまで」

「……あ、こちらの週刊誌ではインド・マフィアと香港《ホンコン》マフィアの戦争になると予想しています。一徹長江会が香港マフィアの力を借りているとか？　香港マフィアと共闘して、裏社会を二分するつもりと……」

「……ほぅ、韓国だの、インドだの、香港だの、ヤクザ戦争もグローバル化ですな」

漢方外来の部長が感心したように声を上げると、心臓外科部長が総括するように断言した。

「なんにせよ、心不全で亡くなるヤクザが増え続けている」

「そうですな。警察も心不全じゃないことはわかっている。名古屋の長江組系暴力団にトラックが突っ込む事故も増えたそうだが、明日にも特定抗争指定暴力団に指定されるだろうね」

男は子供も大人も老人もヤクザが好き、と氷川は改めて痛感する。

患者も看護師も薬剤師もレントゲン技師も医師も、男たちは判で押したように長江組の分裂抗争について語り合っている。つい最近まで話題の中心は眞鍋組だったが、メディアコントロールの効果があったらしく、聞こえてこなくなった。

もちろん、氷川はいろいろな意味で複雑だが、決して態度には出さない。何気なく会話を聞きつつ、総菜パンを無調整有機豆乳で流し込んだ。

医事課から回された書類に記入した後、病棟に向かう。

ナースステーションで看護師長と話し合い、内科医として誠実に患者に向き合っていると、あっという間に時間は過ぎていく。いつしか、窓から射《さ》し込《こ》んでいた夏の明るい陽差《ひざ》しが夕陽《ゆうひ》の色に変わった。

もうこんな時間か、と氷川は自分の腕時計で時間を確かめて息をつく。医局に戻ろうとした矢先、黄昏色《たそがれいろ》に染まった廊下がホストクラブに変わった。個室からジュリアスのオーナーが出てきたのだ。

「氷川先生、お世話になっております」

場所を弁《わきま》えているのか、オーナーの口調や態度は患者の家族そのものだ。身につけているスーツもシンプルだが、腕時計や靴はイタリア製の高級ブランドだった。

「……今日はどうされました？」

あえて、氷川も普段の呼び名は口にせず、明和病院の内科医として接した。ちょうど、点滴中の患者に付き添う看護師が通り過ぎる。

「お客様のお見舞いで参りました。いつぞやは大変失礼しました。氷川先生にもお目にかかりたかった」

オーナーに深々と頭を下げられ、氷川は苦笑を漏らした。先日、氷川は眞鍋組のシマにある老舗《しにせ》喫茶店で長江組の手に落ちた。京介《きょうすけ》やオーナーは巻き添えになったような形だ。謝罪する必要はない。

「お元気そうで何よりです」

迷惑をかけたのはこちらです、と氷川は心の中で謝る。

もっとも、堂々と口にできないもどかしさはすぐに吹き飛んだ。ほかでもない、オーナーの耳打ちで。

「このますぐに仕事を終えて、正面玄関から出てください」

橘高《きったか》さんを助けたい、とオーナーはさらに小さな声で続けた。

何があったのかわからないが、メディアや噂話《うわさばなし》を総合すれば眞鍋組の立場が悪くなっていることは間違いない。正確に言えば、二代目組長の立場がだ。橘高が清和を守るため、命を投げだそうとしている場が過《よぎ》った。

ここで躊躇《ためら》っている暇はない。

「……わかりました。お大事に」

氷川は温和な笑みを浮かべると、ジュリアスのオーナーに背を向けて歩きだした。周りに眞鍋組関係者がいるのか、宋一族関係者がいるのか、長江組関係者がいるのか、誰かにマークされているだろうが、気にしている余裕もない。おそらく、オーナーがなんらかのお膳立《ぜんだ》てをしてくれているはずだ。

オーナーを信じ、氷川は無人のロッカールームに飛び込んだ。

オーナーの指示通り、氷川はスタッフ専用出入り口ではなく正面玄関から出た。車寄せには介護施設のワゴンが停車し、車椅子《くるまいす》の老人が運ばれている。タクシー乗り場にベテラン王子はいない。

氷川がバス停に向かって歩きだすと、黒いフェラーリが停《と》まった。運転席でハンドルを握っているのはオーナーだ。

「氷川先生、どうか送らせてください」

「ありがとう」

氷川は礼を言いながら、助手席に乗り込む。車内に漂う芳醇《ほうじゅん》な香りは、後部座席に置かれたカサブランカの花束によるものだ。勤務先でなければ、年季の入った王子流の挨拶《あいさつ》をしていたのだろう。

「よろしいですか？」

オーナーは氷川がシートベルトを締めるのを確認してからアクセルを踏んだ。瞬く間に茜色《あかねいろ》に染まった白い建物が小さくなる。氷川のスマートフォンに着信はないし、眞鍋組関係者の車も見当たらない。

「オーナー、いったい何があったの？」

氷川が掠《かす》れた声で聞くと、オーナーはハンドルを左に切りながら答えた。

「男と男の約束を破ったら男は責任を取るそうです。綾小路《あやのこうじ》先生やキャロラインみたいに宗旨替えして流せばいいのに」

オーナーは回りくどい言い方をしたが、氷川はなんとなくわかった。いやな予感が当たったのだ。

「清和くんが約束を破ったことで追い詰められて、橘高さんが責任を取ろうとしているのかな？」

一向に一徹長江会の攻撃が終わらないのだから、長江組や関東の大親分から何もないはずがない。清和が窮地に陥れば、養父は命を捨てても助ける。血は繋《つな》がっていないが、固い絆《きずな》で結ばれた父子だ。

「麗しの白百合《しらゆり》も極道の姐さんですね。おわかりになりますか」

オーナーに感服したように言われ、氷川は軽く手を振った。

「そんなの、僕も休戦協定……その場所にいた。サメくんは戻ってこないし、長江組系の暴力団を攻め続けているし、心不全で亡くなるヤクザは増える一方だし、名古屋を制圧したら早いって騒がれているし……橘高さん……まさか、指を切り落とす気？」

今までの経緯とメディアに流れているニュース、仁義の男を考慮すれば、任俠《にんきょう》映画で観《み》る恐ろしいシーンに繋がってしまう。かつて氷川も二代目姐候補だった美女に落とし前を迫られたことがあった。

「長江組と一徹長江会、つまり眞鍋組側の死体の数が足りないそうです。眞鍋組顧問の指だけではすまない」

耳にはきちんと届いたが、本能が理解することを拒否したのかもしれない。氷川は声にならない声を上げた。

「……っ？　……っっ？」

抗争において、手打ちなどで終わらせる時、双方の死人の数をだいたい揃《そろ》えるという。言い替えれば、死人の数を揃えなければ終わらない時があるらしい。揃えられない代わりに大金を積むこともあれば、幹部の命を差しだすこともあるそうだ。医局ではそういった過激な抗争終幕に関する会話も交わされていた。氷川の胸騒ぎの所以《ゆえん》だ。

「死体の数が揃えられなくても、眞鍋組顧問の命なら先方は納得せざるを得ない。橘高さんはわざと隙を作って長江のチンピラに……」

オーナーの言葉を遮るように、氷川は金切り声で力んだ。

「絶対に駄目っ」

「姐さんならばそう仰《おっしゃ》ると思っていました」

オーナーは安堵《あんど》の息を吐くと、スピードを上げた。交差点の信号は黄色だが、強引に進んでしまう。珍しく、夢を売るプロが焦燥感に駆られている。

「……ど、どうしてそんなことに……あ、サメくん、サメくんだ」

氷川も案じていたが、眞鍋組が非難される理由は確かめるまでもない。昔気質《むかしかたぎ》の橘高にとっても耐えがたい状態だろう。

「一徹長江会の猛攻、この一言に尽きます。幹部の大橋……つまり、宋一族の暗躍が素晴らしい」

「……宋一族の総帥と交渉すればいい？」

氷川が真剣な目で聞くと、オーナーは成熟した王子様スマイルを浮かべた。

「麗しの白百合、それはなんの効果もない自爆行為です。宋一族の獅子《しし》に話し合いはできない」

「……ん、話し合いなら後見人のダイアナさんと？　琴晶飯店《きんしょうはんてん》って中華料理店だよね？　客のふりをして行こうか？」

オーナーが運転するイタリア車は高級住宅街が広がる小高い丘を下り、テレビ撮影に何度も使われている洗練された通りを走っていた。沈む夕陽を映した洋館や教会が美しいが、見惚《みと》れている余裕はまったくない。

「琴晶飯店に乗り込めば、俺たちは鶏《とり》ガラとともに茹《ゆ》でられてスープになるでしょう」

「……話し合いは無理ってこと？」

「正直、宋一族や韓国マフィアやベトナム・マフィアが絡んだヤクザ大戦争に関《かか》わりたくはありませんが、橘高さんの命が懸かっていたら話はべつです。安部《あべ》さんも橘高さんに殉ずるでしょう」

在りし日、オーナーは橘高に命を救われたという。大恩人だと公言して憚《はばか》らない極道をみすみす逝かせたりはしない。覚悟して、乗り込むのだ。二代目姐を巻き込んだのは、自身だけでは橘高が救えないと判断したからだろう。

「橘高さんと安部さんなら清和くんのために……駄目、絶対に許さない。祐くんは何をしているのかな？」

祐にとって舎弟頭の安部は父親に等しい存在だ。清和と安部を天秤《てんびん》にかけ、選んだりはしないと踏んでいる。

「魔女は大原組長の側近と極秘に話し合い、虎は竜仁《りゅうじん》会の会長の側近と極秘に話し合った……みたいですね。眞鍋の立場が悪いのは変わりません」

トップ同士で話し合ったら角が立つ。それぞれ、秘密裏に側近たちが交渉するのはどの世界でも鉄則だ。

「オーナーはどうして知っているのかな?」

氷川が素朴な疑問を投げると、オーナーは悠然と微笑《ほほえ》んだ。

「蛇の道は蛇、恋の数だけ噂は流れてきます」

「……なら、その情報源にサメくんが眞鍋に戻った、っていう噂を流してもらってほしい」

「情報操作ならだいぶ前に魔女が手を打ちました」

オーナーは溜《た》め息《いき》混じりに言うと、スピードを落として高速に入った。今のところ、妨害はないし、勤務先から尾行している車も見当たらない。

「だいぶ前に?　……上手《うま》くいかなかった?」

「魔女の情報操作の手口をサメは熟知している。歯が立たないそうです」

「……そんな……魔女が負けてどうする」

魔女の呼び名は伊達《だて》じゃないはず、と氷川は無意識のうちに拳《こぶし》を固く握ってしまう。ただ、圧倒的に不利なことは理解していた。

「そうですね。三年かけての大勝負に勝ったのは魔女なのに」

オーナーにサラリと言われ、氷川は瞬きを繰り返した。

「三年かけての大勝負?」

「姐さん、サメと魔女の賭《か》けです。俺が立会人になりました」

「……あ、そうだ。前にも聞いた。リキくんと正道《まさみち》くんが愛し合ったら祐くんの勝ち、愛し合わなかったらサメくんの勝ち？　あの賭け？」

知った時は仰天したが、予想だにしていなかったことが矢継ぎ早に起こり、すっぽりと抜け落ちていた。けれど、これも何かの天啓か、今朝は清和からリキと正道について読み取ったばかりである。

「愛し合うというより、端的に言うとセックスです。期限は三年でしたが、予想に反して早く決着がついたようです」

前にも言いましたが、とオーナーは独り言のように続けた。例の日、老舗喫茶店で拉致された時にのぼっていた話題だ。

「……あ、あのふたり……リキくんと正道くん……」

氷川がコクコクと相槌《あいづち》を打つと、オーナーは意味深に口元を緩めた。

「虎と氷姫、セックスしましたね」

前回と違って、オーナーは自信たっぷりに言い切った。

「オーナーもそう思う？」

「……はい。色恋のプロのプライドにかけて断言してもいい。氷姫は氷のままですが、確実に変わった。肛門《こうもん》セックス経験の有無は調べたらわかる。警察病院関係者に協力を仰ぎ、肛門検査をしたら判明するでしょう。それが証拠です」

　カチコチの修行僧とカチンコチンの氷姫、どちらも正直に真実を明かすとは思えない。オーナーは非合法な手段で証拠を集める気だ。医療従事者がその気になれば、無用な検査も実施できるに違いない。氷川にしても健常者を無用な検査に回せる。……けれども。

「……な、何か、口が悪いというか、きついというか、紳士じゃないというか、なんというか、オーナー、いつもと違う。そんな警察とか検査とか……」

　氷川が躊躇いがちに指摘すると、オーナーは苦笑いを浮かべた。

「申し訳ない。俺は駆けだし時代のホストに戻っているようです。橘高さんをこんなことで死なせたくない。その一念です」

　ポロリ、とオーナーから熟練王子の仮面が外れたような気がした。本来、熱い血潮が流れているやんちゃだ。

「昔、橘高さんに助けられたんだよね」

「はい。首吊《くびつ》り自殺を強要されて、首に縄をかけられた時、助けてくれたのが橘高さんでした」

　すべてを失ってもいいから大恩人を助ける、というオーナーの熱い思いが伝わってきた。

「正道くんの検査をしなくてもわかっている。あのふたりは結ばれたから」

「虎が真実を明かすとすれば二代目だけですが……この件に関し、二代目が口を割るとは思えません」

鋼鉄の修行僧から真実を引きだせるのはこの世でひとりしかいない。すなわち、命を捧《ささ》げている昇り龍だけだ。

「僕、清和くんの気持ちがなんとなくだけどわかるから」

「……そういえばそうですね。そういったこともお聞きしました。二代目はベタ惚れしている姉さん女房に嘘《うそ》がつけない、と……素晴らしい」

「清和くんもリキくんも正道くんを悪用されることを心配している。正道くんを悪用しないでほしい」

氷川が最大の懸念を口にすると、オーナーは承諾したように頷《うなず》いた。

「氷姫を悪用したりはしません。ただ、賭けの立会人として敗者に敗北を認めさせ、罰ゲームを実行させるだけです」

「……うん、負けたのはサメくんだ。祐くんが勝ったんだよ。その罰ゲームは何？　どんな罰ゲーム？　前みたいに当事者に聞け、っていうのはやめてほしい」

……そうか、サメくんには普通の戦法じゃ無理だ。罰ゲームを理由にサメくんを連れ戻せばいい、と氷川はオーナーの魂胆を読み取った。飄々《ひょうひょう》として摑《つか》み所《どころ》のない男には有効かもしれない。

「賭けに負けたほうが二代目のチ○コを舐《な》める」

一瞬、オーナーが何を言ったのか理解できず、氷川は白皙《はくせき》の美貌《びぼう》を裏切る顔を晒《さら》した。口はポカンと開いたまま閉じられない。

ふふふっ、とオーナーは楽しそうに微笑む。スマートフォンに着信があったが、応対せずにアクセルを踏み続けた。

そうして、昔話の語《かた》り部《べ》のように穏やかな声音で語りだした。

「賭けが成立した時、サメがダイアナに変装していたし、素顔のダイアナも乗り込んできたからややこしくなりましたが壮観でした。橘高さんを助けなければ、あの夜にダイアナに毒を盛らなかったことを後悔してしまう……こんなことをチラリとでも思っただけでホスト失格です。俺はジュリアスをクローズさせる気はないし、譲ろうとした京介には拒否されるし、正直、まだ引退したくない。自分の今後のホスト業のためにも、橘高さんを助けたいのです。この気持ち、麗しの白百合ならば理解してくださると思います」

オーナーは一呼吸置いてから心配そうに言った。

「麗しの白百合、俺が言うのもなんですが、お気をしっかり……ここまでショックを受けるとは……申し訳ありません……男たちの罰ゲームには以外と多いのです。男だらけの宴会でもよくあります」

オーナーに謝罪され、氷川はようやく正気を取り戻した。耳にしたばかりの罰ゲームを想像する。

……いや、想像できない。

だが、辛《かろ》うじて舌はもつれながらも動いた。

「……え、え、え、え、ええ？　……二代目ってどこの二代目？　どこかの開業医か歌舞《かぶ》伎《き》役者か能にお茶に……あ、僕の清和くんだね？」

サメと祐の間に登場する二代目ならば、開業医や伝統芸能の後継者ではない。誰よりも可愛《かわい》い幼馴染《おさななじ》みだ。

「さようでございます」

「……僕の清和くんのチ〇コ？　チ〇コのチョコとか、チ〇コのキャンディーとかじゃないの？」

男性器や女性の胸部を象《かたど》ったチョコレートやキャンディー、ケーキがあることは氷川も知っている。先輩医師や製薬会社の営業マンに連れていかれたバーやキャバクラのテーブルに並んでいた。

「残念ながら、二代目の股間《こかん》についているチ〇コです」

オーナーがやけに艶《つや》のある声で断言した途端、氷川の全身が総毛立った。

「……だ、駄目ーっ」

「はい、罰ゲームの内容を変更できなかった俺をお許しください。当事者たちも俺も期限

切れの三年までに勝負がつくとは思わなかったし、それまで生きている自信もなかったのです」

「……ど、どうして……僕の清和くんの……」

サメと魔女の罰ゲームだから、巷《ちまた》に溢《あふ》れている青汁一気飲み云々《うんぬん》ではないと予想していたが、よりによって、という思いが氷川には大きい。もっとも、オーナーにとっては納得できる罰ゲームらしい。

「サメのブチ切れエスプリの理由のひとつだと思います」

「……サ、サメくんのブチ切れエスプリ?」

「今回、罰ゲームをしたくない一心で眞鍋から距離を取ったとは思えないのですが……」

「……え? ……えぇ? サメくんは罰ゲームをしたくないから戻らない?」

氷川が驚愕《きょうがく》で身を乗りだすと、オーナーは大きな溜め息をついた。

「……サメも二代目のチ○コは舐めたくないのでしょうか?」

「……あ……あ……えぇ?」

「二代目のチ○コですから、ただ舐めればいいというものではありません」

オーナーの言葉が氷川の心にグサグサと突き刺さり、思考回路はショート寸前だ。愛《いと》しい男と得体の知れない男が妖《あや》しくも絡む。……否、全身全霊を傾けて打ち消す。

「……う……うぅ……」

「舐めた後、姐さんに恨まれるのもいやなのでしょう。不可解な男ですが、姐さんに対する思慕は本物でしたから……」

「……そ、そんな……その……」

「姐さん、俺はこのままサメを眞鍋に連れ戻し、罰ゲームを遂行させるつもりでした……が、姐さんのお気持ちを考えたら控えたほうがいいのでしょうか？　サメの気持ちを汲《く》み取《と》り、このまま罰ゲームから引き離したほうがいいのか……東京に戻りましょうか？」

オーナーはスマートフォンの執拗《しつよう》な着信を無視しつつ、スピードを上げ続けた。引き戻す気がないのは確かだ。

「……っ……戻っちゃ駄目っ」

「賭けの立会人として敗者を迎えに行っていいですか？」

オーナーに念を押すように問われ、氷川は根性のハチマキを心に巻いて大きく頷いた。

「……はい、一緒に賭けの敗者を迎えに行きましょう」

「賭けはダイアナも知っているから異論はないはず」

「……ダイアナさんも知っているのか……サメくんと愛し合っているなら罰ゲームに反対するのかな」

氷川が愛し合う夫婦前提で予想すると、オーナーは楽しそうに声を立てて笑った。

「動画を撮影し、全世界に向けて配信するかもしれません」

「……え?」

「宋一族内でVIPを集めて鑑賞会を開くかもしれませんね」

「……銀ダラくんたちから聞いたけど、サメくんはダイアナさんに愛されていない? サメくん、可哀相《かわいそう》に……」

銀ダラやアンコウたちなどは、サメがしたたかな女狐《めぎつね》に籠絡《ろうらく》されたと口を揃えた。結局、サメの片思いなのかもしれない。相手が誰であれ、恋をする気持ちはわかる。氷川は同情したが、オーナーは一蹴《いっしゅう》した。

「狐と狸《たぬき》の化かし合いでしょう」

あれがそんなタマか、とオーナーの内に秘めた思いが漏れたような気がした。百戦錬磨のホステスとホストの損得勘定する恋に通じるものがあるのだろうか。

「どっちが狐でどっちが狸?」

「姐さん、それは考えないでください。姐さんの周りには狸ショックの傷が癒《い》えていない男がいます」

「そんなに狸に威力があるなら、僕たちも狸に変装して乗り込む?」

「姐さん、さすが、ステキなアイディアです。ただ、その狸パーティは今夜ではなくジュリアスで開催したい」

「サメくんを連れ戻して、橘高さんと安部さんも呼んで、狸パーティを開きましょう……

それで、あの、高速に乗ってから、ずっと後ろのバイクが尾《つ》けてくる。前の車はサービスエリアから出てきてそのまま？　行き先が一緒なのかな？」

時が時だけに、氷川は前方を走る車や後方を走る大型バイクが気になった。眞鍋組やサメ関係者、宋一族に拉致されるならいい。しかし、ここで長江組関係者に拉致されたくはなかった。

「前の車は太夢《たいむ》で後ろのバイクは吉平《きっぺい》です。今回のミッションの兵隊ですよ」

オーナーから想定外の協力者の名を聞き、氷川は黒目がちな目を瞠《みは》った。ふたりとも二児の父親だが、前回、長江組幹部に拉致された時も救出に関わってくれたのだ。多くの問題があるふたりだが、意外なくらい義理堅いし、尽くしてくれる。

「……え？　ショウくんの暴走族仲間だった太夢くんと吉平くん？」

「ダイヤドリームの代表も元寒野《かんの》組の若頭も姐さんに恩を感じています。こういう時こそ、存分に使いましょう」

オーナーは高らかに言うと、さらにスピードを上げた。

いつしか、高速の向こう側に広がる景色を染めた夕陽が夜の月に変わる。スマートフォンに何かの連絡が入った後、オーナーは高速から下りた。

# 6

東京を出てどのくらい時が流れたのだろう。氷川《ひかわ》を乗せた車は猛スピードで夜の帳《とばり》に包まれた街を進む。太夢《たいむ》の車と吉平《きっぺい》の大型バイクも護衛するように走っている。周囲の車やバイクが増えたような気がするが、不穏な気配は微塵《みじん》もない。

目的地は以前と同じ一徹長江《いってつながえ》会の名古屋支部ではないが、どこか彷彿《ほうふつ》させる辺鄙《へんぴ》な場所だ。辺り一面真っ暗で住人がいないようなムードがある。

高速を下りてからそんなに経《た》っていないが、オーナーは背の高い塀に囲まれた大邸宅の前でブレーキを踏んだ。おそらく、立派な門があっただろう場所が木っ端微塵《こっぱみじん》に破壊されている。ガレージのシャッターとともにブロック塀や郵便受け、宅配ボックスが見るも無残な形で転がっていた。

「姐《あね》さん、足下に気をつけてください」

オーナーに注意されるまでもなく、氷川は助手席から降りた瞬間、凄絶《せいぜつ》な惨状に呆然《ぼうぜん》と立《た》ち竦《すく》んだ。

「……こ、これは……」

「眞鍋《まなべ》の鉄砲玉と宇治《うじ》坊の特攻でしょう」

オーナーは断定口調で言ったが、氷川もこういった無残な惨状は今までに幾度となく見ている。命知らずの特攻隊の激しさは突出していた。

「……な、眞鍋組の特攻？」

「俺と姐さんが動いたと知り、眞鍋の二代目が覚悟を決めたのでしょう。姐さんに頼んだ甲斐《かい》がありました」

オーナーが言外に匂《にお》わせていることが氷川にも伝わってくる。二代目姐を止めることは無理だと予想し、眞鍋組の精鋭たちは目的地に先回りしたようだ。これがオーナーの狙《ねら》いだったのかもしれない。

「……え？　清和《せいわ》くんの指示？」

「眞鍋の急先鋒《きゅうせんぽう》が真正面から突っ込んで敵を攪乱《かくらん》し、剛勇な龍虎《りゅうこ》コンビが横や裏から殴り込む。今回もセオリー通りの戦法だったようです。姐さん、龍虎コンビの通った道を進みましょう。まだ安全です」

オーナーに守られるように先導され、氷川は開け放たれた勝手口から入った。広い台所に続いていたが、争った形跡はなく、ステンレスの作業台には作りかけの海老《えび》韮饅頭《にらまんじゅう》と月餅《げっぺい》があった。

けれども、台所を出たら耳障りな破壊音が聞こえてくる。銃声に混じり眞鍋の特攻隊長の怒鳴り声も響いてきた。

「……眞鍋の特攻隊長、京介《きょうすけ》のヒモだけあって威勢がいい」

オーナーは皮肉っぽく微笑《ほほえ》むと、刃物のぶつかり合う音がする方向に進む。氷川も躊躇《ためら》わずに続いた。

陥没した壁の前、行く手に中華服姿の青年が現れる。血まみれの手には柳葉刀が握られていた。宋《そう》一族のデータで見た覚えのある顔だ。諜報《ちょうほう》部隊のメンバーに扮《ふん》し、眞鍋第二ビルに忍んできた狐童《こどう》である。

狐童くん、と氷川が声を上げる前、オーナーは親しげに狐童に語りかけた。

「狐童、俺が誰か知っているね。サメと魔女の賭《か》けの立会人だ」

「ホストクラブ・ジュリアスのオーナー、メリットがないと指一本の動かさないくせに、橘高《きったか》顧問を助けるためには動くのか。報告が届いた時、信じられなかった」

狐童が距離を取りながら言うと、オーナーはやんちゃ坊主の面影をちらつかせながら笑った。

「賭けの勝敗が決まった。サメは罰ゲームから逃れられない。通してもらう」

「……あ、あのホストクラブ・ジュリアスでダイアナに化けたサメと魔女の賭けか？　あのくだらない？」

狐童が思いだしたように目を見開くと、オーナーは大胆に大股《おおまた》で進んだ。

「そうだよ。サメは罰ゲームがいやで帰ってこない。返してもらう。俺は立会人の義務を果たさなければならない」

「オーナー、そんな理由が通ると思っているのか？」

あっという間に、狐童の背後には中華服姿の男たちが並ぶ。拳銃《けんじゅう》や小刀にジャックナイフと、それぞれ凶器を構えている。

シュッ、とオーナーに向かって麒麟《きりん》が彫られた小刀が飛んだ。

オーナーも氷川も微動だにしない。

ブスリ、とオーナーと氷川の背後にあった倒れかけの柱に突き刺さる。威嚇だったのだろう。

「狐童、姐さんの擁護がなければ、イワシに化けたまま硫酸風呂《ぶろ》に浸《つ》かっていたことはわかっているよね？　野暮はナシ」

オーナーが叩《たた》きつけるように昨夜の侵入に言及すると、狐童は降参したように氷川に向かって拝礼した。二代目姐の命乞《いのちご》いによって助かったと理解しているし、恩知らずでもないらしい。ほかのメンバーたちも手の合図で抑え込む。

「狐童くん、無事でよかった。次はもっと違う形で会いましょう」

氷川が柔らかな声音で語りかけると、狐童は照れくさそうに軽く頷《うなず》いた。若い男が中国語で罵《ののし》ったが、狐童が一喝すると黙った。

こんなところで手間取っている時間はない。氷川はオーナーとともに宋一族という障害を足早に通り過ぎた。

一際激しい戦闘音が響き渡る部屋から、全身血だらけの大男が飛んできた。血の海と化した廊下に落ちる。続いて、お互いに鳩尾《みぞおち》をナイフで刺し合った男たちも揉《も》み合《あ》いながら転がる。

戦闘はすでに始まっているのだ。

天井が落ち、壁やドアが破壊されている戦場に怯《おび》えず、氷川は全身全霊で叫んだ。

「サメくん、罰ゲームがいやだからってこんなところにいるんじゃありません。僕がなんとかしてあげるから戻ってきなさいーっ」

一瞬、兵隊たちがピタリと止まる。

眞鍋の男も宋一族の男も一徹長江会の男も、全員、石像のように固まった。日本刀を握っていた清和やリキにしてもそうだ。

氷川が粗大ゴミと成り果てた精密機械のそばを進むと、兵隊たちは我に返ったらしい。呆《ほう》けた顔で呟《つぶや》くように零《こぼ》した。

「……あ、姐さん？　うちの姐さん？」

「……ジュリアスのオーナー付きの姐さん？」

「……ど、ど、ど、どうして、姐さんが罰ゲームを知っている？」

「……ううう？　石の虎《とら》が氷姫とヤったのか？　……で、できたのか？　……イ○ポじゃなかったのか？　桐嶋《きりしま》組長はイ○ポだって踊ってたぜ」

「……そ、そういうことは問題じゃない。問題はそこじゃないと思う」

動揺する兵隊たちの間、清和とリキの前で一徹長江会の平松《ひらまつ》会長と側近中の側近である大橋《おおはし》を見つけた。……否、サメだ。サメは大橋に日本刀を突きつけられ、身動きが取れないらしい。氷川は予想だにしていなかった状態に驚愕《きょうがく》した。

「……え？　清和くんとリキくん？　……え？　サメくん……サメくん？　一徹長江会の幹部の大橋さん？　それも罰ゲーム？」

氷川は近寄ろうとしたが、書類の山の間に転がっていた宋一族の男に足を摑《つか》まれる。

「……あっ」

氷川はバランスを崩し、その場に顔から倒れ込む。

……いや、その寸前、清和が慌てたようにやってきた。守るように、氷川の身体《からだ》を抱き込む。

それでも、氷川はいっさい臆《おく》さず、真《ま》っ直《す》ぐにサメを見据えた。愛《いと》しい男の手の力を感じながら。

「……姐さん、ハラショー。ここでそれが飛びだすとは、至上最高のエスプリだぜ」

サメは降参したかのように、一徹長江会の平松会長の声ではなく自身の声で答えた。周りの空気も一変する。

「……サメくん、やっとサメくんの声が聞けた……そんなヤクザみたいな人と罰ゲームしていないで戻ってきなさい。祐《たすく》くんとの賭けはサメくんの負けだけど、罰ゲームは……僕が対処するから戻ってきて」

氷川がほっと胸を撫《な》で下《お》ろすと、サメは平松会長の姿で手をひらひらさせた。サメの仕草だ。芝居がかった気障《きざ》なポーズは取らないが、自身に向けられている大橋の日本刀に怯えていない。

「……姐さん、それでさ、そこよ、それ、虎と氷姫がエッチしたのか？」

「はい。間違いありません。賭けはサメくんの負けです。罰ゲームがいやで戻ってこないんでしょう。そうだよね。わかっているから誤魔化しても無駄」

氷川が射るような目で言い切ると、サメは不敵に口元を緩めた。

「姐さん、眞鍋に戻るなら二代目のチ〇コを舐《な》めなきゃなりません。二代目にチ〇コを洗うように言ってください」

ふっふっふっふっふっ、とサメがどこかの悪役のように笑えば、氷川を抱き締めている清和の体温が下がる。

以心伝心か、つられるように氷川の何かが弾《はじ》け飛《と》んだ。

「……せ、清和くんの……僕の清和くんのは……僕の……僕の清和くんのは……あ、罰ゲームは清和くんのチ〇コじゃなくて僕の一っ」

氷川の絶叫がありとあらゆる戦意を打ち砕いた。

若い兵士も中年の兵士も初老の兵士も口を大きく開け、木偶《でく》の坊《ぼう》のように立ち竦む。清和やリキの目も宙に浮いた。

サメに日本刀を突きつけていた大橋は、無言で氷川の股間《こかん》に視線を流す。日本人形のように楚々《そそ》とした二代目姐は女性ではなく男だ。

けほっ、とショウの苦しそうな声が漏れ、海千山千の男の呪縛《じゅばく》を解いた。

「……ハラショー、眞鍋名物の炸裂《さくれつ》だぜ。姐さん。今、自分が何を言ったかわかっているのかな？」

サメが腹を抱えて爆笑すると、大橋は体勢を変えずに低い声で言った。

「それ、あかんヤツ」

「そっちのほうが絶対にあかんヤツ」

「そっちのソレは電気椅子《いす》よりあかんヤツ」

ボソボソソッ、と眞鍋と宋一族の若い兵隊たちから独り言に似た呟きが漏れる。未知との遭遇に瀕《ひん》したような顔で尻餅《しりもち》をついたのは一徹長江会の男だ。もっと言えば、一徹長江会の男に扮した宋一族のメンバーだ。

「……僕の清和くんのは僕のもの……僕のものだから罰ゲームでも駄目……舐めるなら僕のにしなさい……」

氷川が般若《はんにゃ》を背負って言うと、サメはウインクを飛ばした。

「姐さんのチ〇コを舐めたらお坊ちゃまがデビル化するぜ」

「それでも清和くんのは駄目……罰ゲームはスタンダードに青汁の一気飲みで……僕が特製の青汁を作る。特製の青汁スムージー……ルッコラは飲みづらいんだよ……さぁ、帰ろう。どうして、ここでそんな刃物の罰ゲームをしている？　こっちの罰ゲームのほうが先でしょう？」

氷川は声高に捲《まく》し立《た》てながら、大橋がサメに向けている日本刀に手を伸ばした。奪い取ろうとしたものの、さりげない動作で躱《かわ》されてしまう。

「姐さんには罰ゲーム中に見えるのかな？」

大橋に楽しそうに問われ、氷川は真剣な目で答えた。

「一徹長江会の幹部の大橋さんでしょう？　宋一族の誰か？　宋一族の誰かが変装しているのですか？」

僕は一度も会ったことがないはず、と氷川は余裕たっぷりの大橋に全神経を集中させた。周囲にいる宋一族の男たちとは格が違うような気がする。

……まさか、大幹部のダイアナさん？

変装の名人だってデータにはあったけど、あの綺麗《きれい》な人がこんな恐ろしそうなヤクザに変装できるのか。

……貫禄《かんろく》っていうか、余裕っていうか、そういうのがすごいからダイアナさんかな、と氷川が心の中で見当をつけた時、サメは情けない声で言った。

「姐さん、聞いてくれよ。俺のアムールなんだけどさ～っ、眞鍋の鉄砲玉が飛び込んできた瞬間、俺をドスの錆《さび》にしようとした。夫婦なのにひどいよな。俺への愛を自覚したんじゃないのか？」

サメは、氷川から自身に凶器を向けている大橋に視線を移した。アムール、と呼んだのだから愛を確かめ合った相手だ。

潮時だと察したらしく、大橋は幹部の仮面を外した。一瞬にして、表情や雰囲気がガラリと変わる。

「サメ、お前は最初から俺への愛は持っていなかった。夫婦ごっこは終わりのようだね」

大橋ことダイアナが艶《つや》のある声で言うと、サメは捨てられた子犬のような目で首をふるふると振った。

「ひどい、俺は本気だったぜ」

「姐さんが乗り込んできたから大嘘《おおうそ》話を楽しむ時間はない。眞鍋の昇り龍に反旗を翻す気もなかっただろう。本気で宋一族の男になるなら、眞鍋に残った銀《ぎん》ダラたち、部下全員、引き連れてきたはずだ。たとえ、反対されても、上手《うま》くまとめて連れてきた」

ダイアナがきっぱりとした調子で指摘した瞬間、腰を抜かさんばかりに驚いたのはハマチャワカサギなど、サメの部下たちだった。

「……そうだったのか」

ハマチがほっとしたように零すと、ダイアナは意外そうに尋ねた。

「ハマチ、気づかなかったのかい？」

「そうだったらいいな、ってほかの奴《やつ》らと言っていたが、誰もそんな話を聞かなかった。素振りもなかった。今回は完全に楊貴妃《ようきひ》の色香にやられたと思った」

ハマチが苦しそうに言うと、周りにいたメンバーたちも同意するように相槌《あいづち》を打った。よかった、と新入りメンバーはへなへなとその場にへたり込む。サメがダイアナに籠絡《ろうらく》されたと思い込んでいたのだ。つまり、サメや銀ダラやアンコウといった歴戦の強者《つわもの》に思い込まされていた。

「そりゃあさ、サメは銀ダラやアンコウと打ち合わせたりしないよ。なんの話し合いもせず、これだけのことをやるのが外人部隊のニンジャなのさ。俺もよく利用された」

ダイアナがどこか遠い目で過去を語ると、アンコウが穴の空いた床下からモグラのように顔を出した。

「女狐《めぎつね》、利用されたのは俺たちだっ」

アンコウは床から上半身を出しただけの体勢で積年の恨みをぶつけたが、ダイアナは有無を言わせぬ貫禄で一蹴《いっしゅう》した。

「アンコウ、おだまり。今回、うちの被害が大きい。どうしてくれよう」

「それは長江《ながえ》の極秘戦闘部隊をナメたからだ。あれは相手にせずに逃げろ、って言っただろう。やり合う馬鹿《ばか》がいるかっ」

「惚《とぼ》けるな。極秘戦闘部隊の目をハマチたちから逸《そ》らし、うちの若い奴らにぶつけたのはお前だろう。わかっているんだよ」

ダイアナは威嚇するようにサメの頰《ほお》を日本刀で撫でた。降参とばかり、アンコウは武器を手にしたまま穴の空いた床下に戻る。

いったい何があったのか。

何がどうなってこうなったのか。

サメとダイアナは共闘していたのではなかったのか。

サメとダイアナは深く愛し合い、夫婦になったのではなかったのか。

眞鍋組の特攻が殴り込んだ途端、サメはダイアナに刃物を突き立てられたと言った。すなわち、眞鍋に対する人質だ。

オーナーが口にした『狐と狸《たぬき》の化かし合い』という言葉が氷川の脳裏を過《よぎ》るが、この際、なんでもいいような気がした。

とりあえず、サメを連れ戻さなくてはならない。

「……アムール？　……夫婦？　……宋一族のダイアナさんですね？　ダイアナさんが変

装している大橋さんですね？」

氷川が確かめるように声をかけると、ダイアナは旧友に対するような笑顔を浮かべた。

「姐さん、初めまして。まさか、ジュリアスのオーナーとそんな理由で乗り込んでくるとは思わなかった。聞きしに勝るお茶目さんだ」

やりやがったな、とダイアナは意味ありげな目でオーナーに灼熱《しゃくねつ》の矢を放ったようだ。

当然のように、オーナーは素知らぬ顔で無視している。覚悟して乗り込んだのだから、ここで動じたりはしない。

「ダイアナさんなら話が早い。サメくんは連れて帰ります。一徹長江会は解散です。いいですね？」

氷川が危険も顧みずにさらに近づくと、ダイアナは楽しそうに微笑んだ。

「あと一日遅ければ、裏社会を制覇できたのに残念だね」

「サメくんを放してください」

氷川が険しい顔つきで手を差しだすと、ダイアナは仏頂面の清和を一瞥《いちべつ》した。

「眞鍋の坊やとは話し合いができそうにない。姐さんとでいいのかな？」

宋一族の大幹部から休戦交渉のテーブルと椅子を用意された気がして、氷川は意志の強い目で大きく頷いた。

「僕の清和くんは宋一族の坊やよりは話し合いができると思いますが危険です。これ以上、やめてください。今、すぐに一徹長江会を解散してください」

「姐さんはどんな幕引きをお望みかな？」

「平和な幕引きです」

「平和な幕引きを望んでいるならサメは帰せない。宋一族には平松会長に化けられるメンバーがいないんだよ」

ダイアナが温和な声音で明かした内情に、氷川は筆で描いたような眉《まゆ》を顰《ひそ》めた。脳裏には卓越した変装技術や国家機密機関に匹敵する情報網など、世界的な大組織に関するデータがインプットされている。

「皆さん、変装が得意なんでしょう？」

「特殊メイクで顔は平松に化けられても声でバレる。平松の声を作ることができるメンバーがうちにいない」

確かに、容姿は最新の技術でいかようにもできるかもしれない。だが、人の声は技術だけでは無理だろう。

「平松会長の声はサメくんだけ？」

「そうだよ。サメは平松会長の声は作れるが、俺が化けている大橋の声は作れない。サメは俺に化けることもあったが、どんな裏声を駆使しても声でわかる」

「……ならば、今すぐこの場でサメくんに平松会長として引退宣言させてください。一徹長江会の解散も同時に」

　氷川に引く気はさらさらなかった。ここで幕を下ろさなければ、新たな問題や被害が増えるだけだ。

「蔣介石《しょうかいせき》を復活させるより難しいね」

「やってください」

「姐さん、宋一族の被害が大きすぎる。こちらも困った。うちの坊やは激しいんだ」

　ダイアナは冗談混じりに言っているが、うちの坊やこと獅子王《ししおう》の苛烈《かれつ》さに手を焼いているようだ。叔父であっても抑え込むのは難しいのだろう。

「これ以上、被害を大きくしないようにこの場で終わらせてください。うちの坊やも激しいのです。うちの坊やのお義父《とう》様も熱いのです」

　氷川が頰を真っ赤にして力んだ時、それまで無言だったリキが初めて口を挟んだ。

「ダイアナ、獅子を始末しなかっただけ感謝しろ」

　いつでも頭目を狙撃《そげき》できる、とリキの鋭い双眸《そうぼう》は雄弁に語っている。SSS級の殺し屋をスタンバイさせているのだろう。

「虎、それを言うかい？」

　うちも準備しているよ、と世界的に評価の高いやり手の目は妖《あや》しく光った。おそらく、宋一族もSSS級の殺し屋を待機させている。こちらのターゲットも眞鍋のトップだ。

「サメの力を借りて、関東軍が戦中に強奪した絵を手に入れたのは誰だ？　今まで作ることができなかった関西の基盤も作ったはずだ」

リキが天下無双の男だけが持つ迫力を漲《みなぎ》らせると、ダイアナは感心したように言った。

「今夜はちゃんと喋《しゃべ》るね」

「ダイアナ」

「……さすがによく知っている。バカラを使ったのかい？　木蓮《もくれん》は藤堂《とうどう》と仲良しさんだったよね？」

ダイアナの質問に答えず、リキは鉄仮面を被《かぶ》ったまま処理を急《せ》かした。

「まとめろ」

「条件がある」

九龍《クーロン》の大盗賊が提示する条件は確かめなくてもわかるらしい。リキは眞鍋の頭脳として堂々と宣言した。

「眞鍋は楊《よう》一族に深入りしない」

「よくわかっているね。楊一族への肩入れはそろそろ控えてほしい。魔女のお気に入りは楊一族だろう」

「誤解するな。祐はそこまで楊一族に肩入れしていない」

「楊一族の秋の祭りにもシンガポール・ルートにも手を貸すな」

ダイアナが具体的に言うと、リキは力強く頷いた。

「承知」

「いいだろう」

交渉成立、とばかりにダイアナはサメの頰に唇を寄せた。もっとも、一徹長江会の会長と腹心の姿なので、なかなか破壊力のあるシーンだ。ぐえっ、と気持ち悪そうに口を押さえたのはショウや宇治である。

「予定通り、幕を下ろせ」

「虎、それはサメに言いな。こいつは眞鍋の坊やを裏社会のトップに立たせたくてたまらないのさ」

可愛《かわい》いじゃないか、とダイアナは喉《のど》の奥で笑いながらサメから日本刀を引いた。幕引きとばかりに宋一族のメンバーに指で合図をする。

一陣の風が吹いたかのように、宋一族のメンバーたちが消える。誰ひとりとして異論は唱えない。

不満を爆発させたのは、ほかでもないサメだ。

「……あ〜っ、ここまでか。この野郎、どうしてもうちょっと上手くやれないかな〜っ」

サメは腹立たしそうに足下にあったタブレット端末をリキに向かって蹴《け》り飛《と》ばす。八つ当たりに見えないこともない。

「サメ、顧問と舎弟頭の命がかかっている」

リキが咎《とが》めるように言うと、サメは首の骨をコキコキ、と鳴らした。当然の如《ごと》く、自身が招いた眞鍋組の窮地は摑んでいるようだ。

「オヤジ組は頭が固すぎるぜ」

「ここまでだ」

「嘘つき。男と男の約束はこっちのほうが先だぜ。死にかけのクソガキコンビ、忘れたとは言わさない」

サメが憎々しげに告げると、リキにしては珍しく躊躇いがちに返した。

「……次回」

「こんなチャンス、二度目があると思うか？」

本気で裏社会の統一を目指すならば今しかない。奇跡に奇跡が重ならない限り、眞鍋の昇り龍は天下統一戦争を勝ち抜けないだろう。

「二代目は悪運が強い」

リキが誇らしそうに言うと、氷川の盾と化していた清和も不敵に口元を緩めた。眞鍋の龍虎コンビには確固たる自信があるらしい。

氷川は呆気《あっけ》に取られたし、複雑な苦い思いが渦を巻いているが、口が挟《はば》める状態ではなかった。なんというのだろう、口を挟んではいけない。口を挟むのも憚《はばか》られる空気が流れているのだ。サメとリキの間に。詳しく言えば、サメとかつて死にかけていた生意気な青二才たちの間に。

「悪運が強いから二度目のチャンスが回ってくると思うのか？」

「ああ」

「それまで、生きているかな？」

「お前も悪運が強い」

「一蓮托生《いちれんたくしょう》、死ぬ時は一緒？」

サメが苦笑混じりに聞くと、リキは当然とばかりに淡々と答えた。

「ああ」

「二度目のチャンスを引き寄せるためには、大原《おおはら》組長に早くくたばってもらうしかないな」

眞鍋組二代目組長は極道として大原組長への仁義を守り抜く。そのことをようやくサメも認めたようだ。茶化すような口調だが、呪詛《じゅそ》攻撃を繰りだしそうなくらい大原組長の死を願っている。氷川が目を吊《つ》り上《あ》げると、察したようにリキが注意した。

「姐さんの前だ」

「……あ、あ〜っ、姐さん、お望み通り、関西ヤクザ大戦争を処理しましょう」

サメは白旗を掲げるように、銃撃戦の跡が生々しい柱に引っかかっていた一徹長江会の旗を振り回した。無念さが滲《にじ》み出《で》ているが、氷川は意に介さない。清和にも言い聞かせるように、切々とした口調でサメに言葉を向けた。

「うん、予定通り、平和的に解決してほしい」

当初の予定通り、という願いを込めたつもりだが、サメの目は不気味な光を帯びた。

「予定通り、俺は眞鍋に帰り、予定通り、サメとして魔女の賭けに負けた罰を受けます」

予定通り、というサメのイントネーションが独特だ。かすかな意趣返しを感じる。

「……魔女との賭けに負けた罰は……」

「予定通り、俺は罰を受ける。二代目、チ○コを洗って待っていろ」

サメは未《いま》だかつてない気迫を漲らせ、清和の股間を人差し指で差した。まるで決闘を申し込むシーンように。

ゲッ、ゲロロロロロロッ、と両生類の断末魔の声を漏らしたのはショウで、背中から崩れ落ちたのは宇治だった。

「……だ、駄目ーっ」

氷川がヒステリックに叫ぶと、サメは不遜《ふそん》な笑いを浮かべた。

「姐さん、予定通りでしょう。予定通り。立会人のオーナーもいるからちょうどいい。罰ゲームの場所も予定通り、ジュリアスです」

予定通り、と連呼するサメには鬱屈《うっくつ》した思いが込められている。罰ゲームで晴らすつもりなのだろうか。

「……そ、それは予定通りじゃないーっ」

氷川の絶叫の後、ハマチがライフルを発射した。ほかでもない、サメの足下に向かって。ズギューン、と一発。

「サメ、せっかく姐さんが鎮まったんだ。姐さんを煽《あお》るなーっ」

ハマチの必死の言葉は、眞鍋組関係者全員の思いを代弁していたのかもしれない。

撤収、とジュリアスのオーナーが清和にそっと耳打ちした。

清和は無言で氷川の身体を抱き上げると、荒れ果てた戦場の跡を歩きだした。リキはオーナーを守るようにして続く。

「……せ、清和くん、罰ゲームは諒《りょう》兄ちゃんに任せなさい……」

ホストクラブ・ジュリアスを埋めるカサブランカの洪水の中、サメに追いかけ回される清和が眼底から消えない。氷川は掠《かす》れた声でポツリポツリと言った。

「……おい」

「……清和くんはかくれんぼしておくんだよ。諒兄ちゃんが守ってあげるからね……」

「考えるな」

「……ど、どうしてこんな罰ゲーム……もうちょっと……もうちょっと違うゲームがあるでしょう……僕の清和くんじゃなくて……」

清和に抱かれた体勢で、氷川は戦場を後にする。そのまま、特別仕様のキャデラックに押し込まれた。ジュリアスのオーナーにリキが別れの挨拶《あいさつ》とばかりに頭を下げ、助手席に乗り込む。運転手は諜報部隊のイワシだ。

「……サメ……銀ダラにアンコウも……演技が上手すぎるぜ。俺たち全員、騙《だま》されていた……よかった……よかったけど、気づかなかった俺たちはまだまだ甘い……ハマチまで騙されるとは……くそっ、シャチはどこかで気づいたんだな……」

イワシも熟練の兵士たちに騙されていたらしく、ハンドルに顔を伏せていた。それでも、いつも通り、一声かけてからアクセルを踏む。

「出します」

不夜城の覇者夫妻を乗せた車は決戦の場を後にした。あとは関西ヤクザ大戦争の終幕を見届けるだけだ。

今のサメに二言はない。ダイアナにも二心はないし、激烈な頭目ともども宋一族を抑え込むだろう。その確信は不思議なくらいあった。

# 7

大波小波どころか、氷川《ひかわ》の心はサメと祐《たすく》の由々しき罰ゲームによって大荒れ状態だ。大嵐《おおあらし》が鎮まりかけても、愛《いと》しい男と目が合えばぶり返す。吐息を感じても宥《なだ》めるように抱き直されても荒れたが、三つ目のサービスエリアで休憩した後、ようやく小波になった。

「……そうだね。サメくんは清和《せいわ》くんを裏切ったわけじゃなかったんだ。ただ単に裏社会のボスにしたくて粘っていたんだね」

ある程度の落ち着きを取り戻せば、今さらながらに摑《つか》み所《どころ》のない男がまざまざと浮かび上がる。宋《そう》一族の楊貴妃《ようきひ》に籠絡《ろうらく》されたように見せ、巧妙に利用していたのだ。ハマチやイワシ、メヒカリといった諜報《ちょうほう》部隊のメンバーは誰も真実を知らなかったという。それ故、悲愴感《ひそうかん》が凄《すさ》まじかったし、シャチも水面下で動いたようだ。シャチは銀《ぎん》ダラと接し、何か感じ取ったようだが、一言も告げずに消えたらしい。

「ああ」

清和の抑揚のない声には妙な安堵感《あんどかん》が込められていた。何せ、車内の空気は氷川の機嫌にかかっている。

「清和くんとも打ち合わせしていなかったよね？」

氷川は間近で清和の焦燥を感じていた。サメに限ってそんなことはないだろうがもしかしたら、という相反する思いで揺れていたのだ。おそらく、ダイアナの手練手管を聞いているからだろう。

「ああ」

「リキくんや祐くんとは打ち合わせしていた？」

眞鍋《まなべ》随一の策士や鉄仮面を被《かぶ》り続《つづ》ける修行僧の心情は、どんなに神経を集中させても読み取ることができない。

「いや」

「サメくんは銀ダラくんやアンコウくんたちとも打ち合わせしていなかった？　していなかったみたいなことを言っていたよね？」

車内、イワシが繰り返し悔しがっているが、サメや銀ダラやアンコウといったベテラン勢が少しでも話し合っていれば、メンバーに漏れ伝わっていただろう。三人はほかのメンバーも見事に騙《だま》した形になる。敵を騙すにはまず味方から、という諺《ことわざ》通りに。

「あいつらは……」

清和の表情はまったく変わらないが、百戦錬磨の剛胆な戦士たちを称《たた》えている。どうやら、言葉を交わさなくても通じ合う仲間たちらしい。

「なんの打ち合わせもしないで、これだけのことをやってのけるのが外人部隊のニンジャ？　ニンジャトリオ？」

氷川がズバリ言うと、清和は肯定するように頷《うなず》いた。

「ああ」

「サメくんと銀ダラくんとアンコウくんはすごい？」

普段の言動が言動だけに、氷川はつい念を押すように尋ねてしまう。サメほどひどくはないが、銀ダラやアンコウも厳格な軍人タイプではない。

「ああ」

「裏切っていないって信じていたけど、これはちょっと……あまりにも……サメくんはそんなに清和くんに裏社会のボスになってほしかったのか……」

今回、清和は天下を握る直前に下りた。サメが指示通りに動いてくれたならば、被害が拡大することはなかったのだ。過去にどんな約束があったとしても、氷川には上手《うま》く表現できない不満が燻《くすぶ》る。

「…………」

「昔、清和くんとリキくんとサメくんの間にどんな約束があっても駄目だよ」

その日の、生意気盛りの清和とリキに説教したい気分だ。今も生意気盛りと揶揄《やゆ》する輩《やから》がいるのも頷ける。

「…………」

「大原《おおはら》組長に長生きしてもらおう」

大原組長が生きている限り、長江《ながえ》組はどんなに未練があっても東京進出に乗りださないだろう。同じように、眞鍋組もどんな場が整っても裏社会統一には乗りださないはずだ。それが仁義を尽くす漢《おとこ》と漢の約束だから。

「……ああ」

「もちろん、僕も清和くんもリキくんもサメくんも祐くんも橘高《きったか》さんも安部《あべ》さんも……みんな、長生きしてもらうからね」

「ああ」

「橘高さんと安部さんは無事だね？」

ジュリアスのオーナーが乗りだしたぐらいだから、眞鍋の重鎮たちが危険だったと把握している。ただ、安部の命は祐がどんな手を使っても救うと予想していた。

「ああ」

「祐くんが手を打った？」

「ああ」

清和の硬い表情から祐が禁じ手を駆使したと読み取ることができた。すなわち、目の中に入れても痛くないぐらい溺愛《できあい》している子供を使ったのだ。この様子だと裕也《ゆうや》と仲のいい太夢《たいむ》の息子たちも駆りだしたのかもしれない。裕也と太夢の長男は安部の立ち会いで兄弟盃《さかずき》を交わしたと聞いた。

「……もしかして、裕也くんたち……子供たちを使ったの？」

氷川が確かめるように尋ねると、清和は顰《しか》めっ面《つら》で答えた。

「……オヤジが」

清和から言いようのない息子としての鬱憤《うっぷん》が発散された。一度決めたらテコでも動かない昔気質《むかしかたぎ》の極道ふたりを相手に手こずったようだ。おそらく、祐にすべてを託したのだろう。

「橘高さんと安部さんの覚悟を翻させるには、裕也くんたちを張りつかせるしかなかったのか……祐くんにしか、できない手だ……うん、裕也くんたちが無事なら、今回はそれでいい」

本来、橘高は家族の安全のため、抗争中に自宅に近寄ったりはしない。抗争相手も家族を狙《ねら》うのは御法度《ごはっと》だ。それ故、当初、氷川も橘高家に避難させられそうになった。清和は最愛の姉さん女房を裕也と一緒に待たせるつもりだったらしい。

「…………」

「それもこれもサメくん」

「…………」

「……罰ゲームは僕特製の青汁の一気飲み……サメくんに飲ませてやる……祐くんには栄

養価の高いスープをたくさん飲ませてやる。罰ゲーム……二度と僕の清和くんのが罰ゲームにならないように、賭《か》けの立会人のオーナーにも飲ませる。止めてくれなかった人たちにも飲ませる。ショウくんや宇治《うじ》くんにも飲ませる……」

ルッコラやニガウリなど、有機野菜を中心にした特製野菜スムージーの一気飲みが罰ゲームだ。オレンジやリンゴといった果物を使用せず、ショウガやレモンも混ぜたら飲みにくいに決まっている。

「……………」

「清和くん、罰ゲームの場所はジュリアスでいい。有機野菜とか、必要なものを運ぶのを手伝ってね」

「……………」

「……僕の可愛《かわい》い清和くん、サメくんと祐くんに脅されてもズボンのファスナーを下ろしちゃ駄目だよ」

氷川は愛しい男の精悍《せいかん》な顔から下肢に視線を落とした。ぶわっ、と鎮まっていた何かがぶり返す。

「考えるな」

「ジュリアスのオーナーが賭けの立会人として圧力をかけても無視してね。いざとなれば、僕がとっておきの罰ゲームを提案する。サメくんに写経を三十六巻……生ぬるいかな

「……」

「よせ」

「……うん、サメくんのことだから、イワシくんたちに写経を押しつけそうだね。人のため、世のため、麻薬撲滅と人身売買撲滅のために正道《まさみち》くんに協力してもらう……」

そこまで言って、はっ、と氷川は思いだした。大嵐に次ぐ大嵐により、どこかに吹き飛んでいたが、最も大事なことについて確かめなければならない。

「……あ、そうだ、リキくん、そうだよ。罰ゲームのショックで忘れていた。リキくんは正道くんと恋人同士になったんだね？」

氷川は興奮するあまり腰を浮かせすぎ、思いきりバランスを崩したが、すんでのところで清和の手に支えられる。

すまない、という清和のリキに対する謝罪が痛いぐらい伝わってきた。もちろん、氷川は無視する。

「姐《あね》さん、プライベートです」

リキはいつもと同じように素っ気なく流した。まるで何事もなかったかのような風情が漂っている。

「プライベートだからなんだっていうのかな。逃げるのはやめよう。正道くんと幸せになってね」

　氷川は清和の手に支えられながら、頬《ほお》を紅潮させて力んだ。苦難の海に自ら身を投じるような虎《とら》に愛の時間を願ってやまない。自身、愛しい男と再会して人生が一変したから痛切に思う。

「プライベートです」

　今まで二代目組長夫妻の間で騒動が起こり、舎弟たちが悶《もだ》え苦《くる》しんでも、プライベートはノータッチだと一蹴《いっしゅう》していた。リキは照れているのではなく、己のプライベートにもいっさい関《かか》わらせたくないらしい。

「正道くんは誰にも利用させない。祐くんにも利用させないように僕も注意する。大丈夫だよ。祐くんだって鬼じゃないし、リキくんの門出を祝福してくれる」

「繰り返します。プライベートですからノータッチでお願いします」

　極めつきの寡黙な男だが、興奮した二代目姐にはきちんと言葉を重ねる。顔には出ていないが、危機感を抱いているのかもしれない。

「リキくんと正道くんは恋人だよね？　夫婦？　夫婦でいい？　夫婦がいいな」

　もう夫婦だよね、と氷川は私情丸出しで続けた。支えている清和の手に緊張が走るが気にしない。

「誤解されているようですから申し上げる。正道との関係は変わりません」

　一瞬、何を言われたのか理解できず、氷川は怪訝《けげん》な顔で聞き返した。

「……え？　正道くんと愛し合ったんでしょう？」

「正道を抱きましたが、何も変わりません。以上です」

……リキの言葉にはなんの感情も込められていない。

……今、カチコチのリキくんはなんて言った、と氷川は自分の耳を疑ったが、清和の態度を見れば聞き間違いではない。氷川は百年の恋もいっぺんに冷めるような顔を晒《さら》した。

「……ど、どうして？」

「お忘れください」

ブチリ、と氷川の中で何かがブチ切れた。

「……わ、忘れるわけないでしょう。どうして？　正道くんと幸せになってほしい。正道くんだってリキくんと幸せになりたかったんだよ」

氷川は我も忘れ、リキに摑みかかろうとした。髪の毛一本でも引っ張りたかったが、どだい無理な話だ。清和の手によって難なく押さえ込まれてしまう。

「……清和くん、どうして止めるの？」

「よせ」

リキには何を言っても無駄だ、と清和はどこか達観しているような気がしないでもない。相手が警視総監候補だから何か配慮しているのかもしれないが。

「リキくん、このわからずや、どうして、いつもそうなの？」

「姐さん、プライベートです。以上です」

「……ちょっ、ちょっと待ちなさい。……ヤり逃げだっけ？　手を出しておいて逃げる最低男みたいなことをした？　違うよね？」

氷川の前を女癖の悪い医師たちが過《よぎ》る。医大時代から女性を一夜の遊び相手としか見ていない医師は多かった。なんでも、男の階級は女性との経験数で決まるらしい。氷川は馬《ば》鹿《か》らしくてたまらなかった。

「……………」

「リキくんがしたことは、ヤり逃げ、って言うんだよ」

問題の夜、宋一族や初恋疑惑のあった可《か》憐《れん》な館長など、さまざまな要因が重なったと聞いている。ワンナイト目当ての合コンに精を出す男と並べてはいけないが、もうそんなことすら考えていられない。

「姐さんらしくないお言葉です」

「医局でよく聞くんだ。ヤり逃げの数を競う医師は多いんだよ」

「正道も何も変わりません」

「そう思い込んでいるのはリキくんだけだよ。正道くんはあんなにリキくんのことが好きだった。リキくんが好きで苦しんでいた。知らないとは言わせない」

天才剣士にしか興味が持てないという怜《れい》悧《り》な剣士の苦悩は今でも鮮明だ。眠らせて襲

え、とかつて正道には睡眠薬を握らせたことがある。本人に確かめていないが、正道は実行に移さなかったはずだ。

「…………」

お相手はここまで、とばかりにリキの返事がない。イワシが視線で訴えているが、リキは鋼鉄の置物と化した。

「リキくん、黙秘は許さない。清和くんも僕と同じ意見だよね？」

氷川は自分を拘束している清和の手を軽く叩《たた》いた。そうして、安堵の息をついている理由に気づいた。

「……って……え？　……清和くん？　リキくんと正道くんとのことで罰ゲームの話を忘れてくれたから助かった？　そんなことでほっとしているの？」

氷川が呆気《あっけ》に取られると、清和の切れ長の目が曇った。しまった、という思いが伝わってくる。

「…………」

「……清和くんは罰ゲームの話はやめてくれ？　リキくんはプライベートはノータッチでお願いします？」

眞鍋が誇る龍虎《りゅうこ》コンビの主張に、氷川の頰は引《ひ》き攣《つ》りまくる。頭上に焼かれた石が載せられたような気分だ。

「…………」

「イワシくん、何か言いなさい」

思わず、氷川は運転席のイワシに加勢を求めた。自分だけではどうにもならないと思ったからだ。

「姐さん、俺を巻き込まないでください。俺はサメや銀ダラやアンコウに対するイライラが大きい。運転中、ミスったらどうするんですか」

イワシは今までの一連の苦悩が大きかっただけに、外人部隊のニンジャたちに対する鬱憤がてんこ盛りだ。たぶん、気づけなかった自分に対する叱責《しっせき》も大きいのだろう。その気持ちは氷川もなんとなく理解できる。

三者三様、思いもそれぞれ。

「……も、もう、清和くんもリキくんもいろいろと……いろいろと言いたいことがあるけど、リキくんは正道くんと幸せになること。ふたりとも幸せにならないと許さない。いいね？」

氷川が身を乗りだした時、リキのスマートフォンに着信があったらしく応対する。以後、氷川に言葉を返すことはなかった。

氷川にも疲労の波が押し寄せ、清和の肩を枕《まくら》に深い眠りに落ちる。いつでもどこでも眠れるのは特技だ。

恋女房の寝息を聞き、不夜城の覇者が安堵の息を吐いたのは言うまでもない。

どれくらい眠っていたのだろう。清和が誰かと喋《しゃべ》っているような声で、氷川は目を覚ました。

「……え？　僕は寝ていたんだね？」

いつの間にか、氷川には清和のアルマーニのスーツの上着がかけられていた。

「大丈夫か？」

「僕は平気」

目覚めれば、車窓の向こう側には見慣れた街が広がっている。夜の神は姿を消し、朝靄《あさもや》がかかっていた。

「もう朝だね……よかった。充分、仕事には間に合う時間だ」

化粧の剝《は》げかかったホステスがコンビニコーヒーを手に歩き、髪の毛を赤く染めたホストと銀色に染めたホストたちが重なるように道端で寝ている。何があったのか不明だが、ハイヒールを握っているホストには殴打の痕《あと》があった。パジャマ姿の風俗嬢がクレープを齧《かじ》りながら駅に向かっているし、カラスがゴミの山を突《つつ》いている。眞鍋が統べる街の早朝は判で押したようにいつもとなんら変わらない。

「仕事に行くのか？」

清和に心配そうに聞かれ、氷川はにっこりと微笑《ほほえ》んだ。

「当然だよ。僕はとっても気分がいい。わかるでしょう」

「そうか」

「サメくんが戻ってくる日が楽しみ」

氷川はやっと長かった夜が明けたと思った。清和も同意するように頷いた時、イワシがハンドルを握る車は眞鍋ビルの駐車場に進む。

出迎えには剛健な構成員たちとともに今にも倒れそうな病人がいた。……いや、げっそりとやつれた祐がいた。

「祐くん、入院しよう」

氷川は特別仕様のキャデラックから降りるや否や、病魔に取《と》り憑《つ》かれたような参謀の額に触れた。診断するため、耳や首筋も触る。

「姐さん、まさか姐さんをこのような形でお迎えするとは思っていませんでした。銀ダラを愛の逃避行に誘ったかと思えば、次のお相手はオヤジホストですか」

祐は艶然《えんぜん》と微笑んだが、目はまったく笑っていない。背後に立ち並ぶ構成員たちから苦しそうな呻《うめ》き声《ごえ》が漏れた。

「祐くん、そんな嫌みを言う体力はないはず。入院がいやなら、せめて栄養価の高い食事をして、ゆっくり休みましょう」

「姐さんがそれを仰《おっしゃ》いますか」

二代目姐とジュリアスのオーナーの強行を予想していたフシはあるが、できるなら、避けたかったのだろう。おそらく、祐は違ったシナリオを書いていたに違いない。

「僕も仕事があるからまたそういう話はじっくり」

氷川は強引に話を切り上げると、フランス製アンティークで統一された豪勢な部屋に戻り、シャワーを浴びて身なりを整える。本日、送迎の担当者は銀ダラだ。

「麗しのマダム、大丈夫か？　本当に仕事に行くのか？　有休がたんまり溜《た》まっているだろう？」

銀ダラは顎《あご》を外さんばかりに驚いたが、氷川に休む気はまったくなかった。家畜以下の扱いを受けた研修医時代に比べたらなんてことはない。

「銀ダラくん、僕は医者だから」

「医者でも人間だろう」

「そんなことより、綺麗《きれい》に騙してくれたね。ありがとう」

氷川がチクリと嫌みを飛ばすと、銀ダラは大袈裟《おおげさ》に肩を竦《すく》めた。

「騙した覚えはない。俺は俺の意思で残った。サメはサメの意思で出ていった。アンコウもアンコウの意思さ」

「話は車の中でじっくり聞かせてもらう。イワシくんやハマチくんたちも綺麗に騙したんだから素晴らしい」

「麗しのマダム、俺が言うことは一言。抱き締めたら折れそうなのにタフだぜ」

見かけよりずっと体力のある二代目姐に感心したのは銀ダラだけではない。眞鍋組関係者は一様に舌を巻いたという。

なんにせよ、風向きが一気に変わった。それだけは確かだ。

実際、その日のうちに平松《ひらまつ》会長ことサメは引退と一徹長江《いってつながえ》会の解散を表明した。事実上の敗北宣言だ。

予定通り、関西ヤクザ大戦争の幕が下りた。

# 8

一徹長江会《いってつながえ》が解散し、平松《ひらまつ》会長と幹部の大橋《おおはし》、つまりサメとダイアナが長江《ながえ》組の先代組長の墓参りに参列したニュースが流れてから、半月過ぎた。小さないざこざはあったが、問題になるような争いは起こらなかったという。眞鍋《まなべ》組が牛耳《ぎゅうじ》る街でもさしたる混乱はなく、清和《せいわ》は桐嶋《きりしま》とともに関東の大親分をクラブ・竜胆《りんどう》で接待したと聞いた。多くの夜の蝶《ちょう》が侍《はべ》り、高級酒の栓が惜しげもなく抜かれ、華やかな夜だったらしい。

清和が裏社会の頂点に立つと予想し、こっそり挨拶《あいさつ》にやってくる長江系暴力団関係者も、天下統一を迫るマフィアの幹部も、波が引いたように消えた。まるですべて夢だったかのように。

氷川《ひかわ》は予定外の宿直を二回引き受けたり、急遽《きゅうきょ》、指導教授に付き添って学会に出たり、医師として目まぐるしい日々を送っていた。眞鍋第三ビルの最上階に戻っても愛《いと》しい男はおらず、氷川も入浴して、寝るだけの日々だ。

勤務先でも仕事自体はなんの異変もなかったが、男性スタッフや男性患者たちによる関西ヤクザ大戦争の噂《うわさ》話《ばなし》は鎮まるどころか熱くなるばかり。

多くの熱中症患者が搬送された日、氷川は定時で仕事を終わらせ、ロッカールームから連絡を入れた。

そうして、待ち合わせ場所に向かった。

「……あ、ショウくん、サメくんが殺された？　違うよね？　撃たれたのはサメくんだけど、血糊《ちのり》付きの着ぐるみじゃなくて、防弾チョッキとか、何か着込んでいるよね？」

専用送迎車の前でショウを見た瞬間、氷川は甲高い声で尋ねていた。何せ、今日の昼過ぎ、予想だにしていなかったニュースが流れてきたのだ。白昼堂々、元一徹長江会の平松がヒットマンに射殺されたという。元長江組構成員のヒットマンはその場で爆死したが、最初から覚悟のヒットだったことは間違いない。

「姐《あね》さん、久しぶりに見たと思ったらそれか」

ショウは驚いたように下肢をガクガク揺らした。呼応するかのように、周囲の木々もざわめく。

「……そういえば、ショウくん、久しぶり」

清和同様、ショウもあの名古屋の決戦の夜から見かけていない。氷川の送迎はイワシと卓《すぐる》のコンビが多かった。頭脳派幹部候補に送迎を担当させる辺り、眞鍋随一の策士の念が伝わってくる。

「まず、乗ってくれっス」

ショウに乗車を急《せ》かされ、氷川は大きく頷《うなず》いた。

「そうだね」

氷川が広々とした後部座席に腰を下ろすと、ショウは周囲を窺《うかが》ってから素早く運転席に乗り込む。シートベルトを締めてから、元気よく声を上げた。

「出すっス」

眞鍋が誇る韋駄天《いだてん》がアクセルを踏めば、あっという間に夕暮れ色に染まった勤務先から遠ざかる。不審車が尾《つ》けてくる気配はない。

「ショウくん、それで、サメくんは無事だね？」

氷川が確かめるように聞くと、ショウはバックミラーをチラリと見てから答えた。

「撃たれましたが、生きています。長江の奴《やつ》らのメンツを考えて、わざと撃たれてやったんスよ。それも元長江組若頭補佐の墓参りの後に……」

ショウはあっけらかんと平松元会長射殺事件について明かした。眞鍋組は予期していたヒットだったらしい。

「そうなの？」

「長江にもメンツがあるっス」

自身、眞鍋組の金バッジに誇りを持っているからか、昔気質《むかしかたぎ》の極道の薫陶を受けたからか、単純単細胞アメーバと揶揄《やゆ》される鉄砲玉も、長江に脈々と受け継がれる任侠魂《にんきょうだましい》はわかるらしい。

「そうだろうね。あのニュースで見たけど、ヒットマンには見覚えがある。若頭補佐の舎弟さん……今回の裏も知っていたみたいだし……」

今回、ヒットマンは元長江組構成員だった。あの日、桐嶋組総本部に乗り込み、氷川を囲んだ若頭補佐の舎弟のひとりだ。若頭補佐の死後、大原《おおはら》組長に反発し、長江組の金バッジを返却したらしい。それでも、長江の誇りを捨てず、虎視眈々《こしたんたん》と敵討ちの機会を狙《ねら》っていたのだ。命を捨ててでも、一矢報いたかったのだろう。

「平松のヒット、長江の大原組長も知らなかったみたいっス」

今回の件に関し、大原組長に非はない。眞鍋組のみならず全国の暴力団関係者も理解しているようだ。

「どこにでも鉄砲玉はいるんだね」

そんなことをしてどうする、と氷川は命を大事にしない男に溜《た》め息《いき》をつく。命の現場にいれば、くだらない行為としか思えない。たとえ、どんな仁義やらメンツやらがかかっていても。

氷川は勤務先に乗り込んできた元若頭補佐の舎弟も思いだす。長江組の元若頭がサメだと、彼らは見当をつけていたのだ。もう少し巧みに動けば、氷川も眞鍋組も危なかったに違いない。

「姐さんほどひどい鉄砲玉はいねぇ」

ショウに吐き捨てるように言われ、氷川は黒目がちな目を吊《つ》り上《あ》げた。

「僕は鉄砲玉じゃありません」

「よく言えるっスね」

「そんなことより、サメくんは本当に無事に戻ってくるんだね？　警察は？」

いくら元暴力団トップと元構成員の事件であれ、殺人犯が自爆しているとはいえ、ほかに被害者がいないとはいえ、警察は傍観できないはずだ。本気で暴力団壊滅を狙っていたら、今、ここで動いてもおかしくはない。

「サツは押さえ込めるっス。サメ軍団は大丈夫っスよ」

ショウは清々《すがすが》しいぐらい警察を問題視していなかった。これは眞鍋組や諜《ちょう》報《ほう》部隊の警察という組織に対する態度かもしれない。あえて、氷川も警察について問《と》い質《ただ》さなかった。

「……サメくん……サメくんはどこにいる？　いつ、こっちに戻ってくるの？」

「サメ軍団はそろそろ到着しているはず……あ、インドカレーのラーメンを食べて、ベリーダンスをマスターしてからだと……」

ショウは明かすつもりがなかったのに、ポロリと零《こぼ》してしまったらしい。強引に話を逸《そ》らそうとしたが無理がありすぎる。

「ショウくん、誤魔化しても無駄だ。サメくんはもうこっちに着いているの？」

「……ま、いっか……」

「さっさと言いなさい」

「糸の切れた凧《たこ》が気まぐれを起こさないうちに取り押さえないとヤバいとか、なんとか、魔女が言ったけど魔女は電池切れで、卓が二代目に回したっス。魔女は漁業用の網をリキさんに渡したっス」

魔女に漁業用の網を押しつけられた虎《とら》のシーンを思いだしているらしく、ショウは楽しそうに声を立てて笑った。

「サメくんを網で捕獲？」

「そうっス。リキさんが受け取ったからびっくりしたっス」

無表情の虎が漁業用の網を手にする姿が、氷川には容易に想像できる。おそらく、噴きださないように口を手で押さえていたのがショウだ。もっとも、サメが性懲りもなくバカンス癖を発揮しかけているのかもしれない。

「僕もサメくんを迎えにいく」

氷川の瞼《まぶた》に蕎麦《そば》やインドカレーの食べ歩きに旅立とうとするサメが過《よぎ》った。糸の切れた凧、という表現がしっくり馴染《なじ》む。

「……へっ？」

ショウの素《す》っ頓狂《とんきょう》な声が車内に響くが、氷川は強い意志を込めて言い放った。

「サメくんをちゃんと連れ帰らないと安心できない。サメくんのところに連れていってほしい」

「……げっ、やめてくれっス」

ショウに止められても、氷川の決心は変わらない。この際、どんな手を使ってもサメを迎えてみせる。さりげなく、スマートフォンを取りだした。

「連れていってくれないなら僕にも考えがある」

ジュリアスのオーナーに協力を仰ぐか、舎弟を名乗る男たちに協力を仰ぐか、便利屋の毎日サービスに協力を仰ぐか、大嘘《おおうそ》情報でニューハーフ軍団を動かすか、氷川は白百合《しらゆり》という形容を裏切る黒い微笑を浮かべた。

「……暴れないでくれっス」

ショウはバックミラーをチラチラ眺めつつ、命知らずの熱血漢らしからぬ声で答えた。どうも、後方に現れたセダンには眞鍋組関係者が乗車しているようだ。

「ショウくん、僕をサメくんのところに連れていきなさい」

「魔女と二代目に言ってくれっス」

「魔女は静養中でしょう。そっとしておきなさい。清和くんにはあとで僕が言うから」

「ううう〜っ」

「今日、卓くんがいないからこうなることを予想していたんじゃないかな?」

氷川が図星を指したらしく、ショウの唸《うな》り声《ごえ》がいっそうひどくなった。

「うううううううううううううううううう〜っ」

「祐《たすく》くんに何か言われてるんじゃないのかな？」

トントンッ、と氷川が運転席の背もたれを突《つ》くと、ショウは自棄《やけ》気味の声で眞鍋組の上層部事情を明かした。

「……二代目と虎と魔女の命令が違うっス」

その言葉を聞いただけで、氷川には把握できる。たぶん、ビジネスマンに近い参謀は二代目姐を何かに使う気だ。

「祐くんは僕を連れていけ？」

「バレたら連れていけ、っス」

「清和くんとリキくんは絶対に駄目？」

「うっス」

俺も反対、とショウは三叉路《さんさろ》でハンドルを左に切りながら答えた。眞鍋第三ビルに真《ま》っ直《す》ぐに帰らせたいらしい。

「サメくんをお迎えする。連れていって」

「行くんスか？」

「はい。サメくんが逃げないように僕も手伝う」

「……なんかあるかもしれないけど、ないかもしれねぇ……ないと思いたいけど、確信はないけど、あるかもしれねぇから……泣かねぇでくれっス」

ショウの言い草に、氷川は引っかかった。

「……僕が泣くようなことがあるの？　……ま、まさか、罰ゲームをする気？　僕がいないところで罰ゲームをする気なのかな？」

罰ゲームがどうなったのか、イワシや卓にはどんなに聞いても流された。サメと魔女の賭《か》けだけに油断できない。

「……げっ……そ、そっちじゃねぇっ」

ショウはよほど驚いたらしく、運転中にも拘《かか》わらず振り向こうとした。すんでのところで前を向く。

「そっちじゃないのにどうしてそんなに……そんなに……清和くんは大事なところを洗ったの？」

サメの別れ際のセリフが氷川の耳にこびりついている。氷川は愛しい男の股間《こかん》を確認していない。

「姐さん、考えるなーっ」

「ショウくん、最速の男なんでしょう。サメくんが僕の清和くんのズボンに触る前に到着しなさいーっ」

「……う、うおーっ、うわーっ、チ○コかよ。そっちかよーっ」

「どうして、そんな罰ゲームにしたのーっ」

「俺に言っても無駄っス。そっちじゃねぇから、考えないでくれーっ。二代目のチ○コは永遠に姐さんのモンーっ」

ショウは二代目姐の猛攻に恐れをなし、最速の名に恥じない走りっぷりを披露した。眞鍋組関係者が乗った二代目姐護衛車をまいてしまったのは言うまでもない。


氷川を乗せた車は眞鍋組が資本金を提供したという会員制のゴルフ場に到着した。貸し切りのプレートを無視し、眞鍋の韋駄天はアクセルを踏み続ける。エントランス周辺から背の高いパームツリーが並び、夏の花と融合させた天然大理石のオブジェが絶妙な間隔で配置され、粋を凝らした噴水はライトアップされており、どこかのリゾート地を彷彿《ほうふつ》させるが、氷川の心は癒《い》やされたりはしない。

車窓の向こう側、テラスのような場所で屈強な男たちの集団を見つけた。夏の花が飾られたテーブルにシャンペンやビールが用意されているから、酒盛りでもする予定なのだろう。

「ショウくん、停《と》めてっ」

氷川の指示と同時に、ショウはブレーキを踏んだ。目にも留まらぬ早さで、運転席から飛び降りる。

「……こ、転ばねえでくれっス」

氷川はショウに礼も言わずに車から勢いよく降りると、全速力で愛しい男めがけて走った。

「……せ、清和くん、罰ゲームはまだ？　無事ーっ？」

氷川の姿を確認した瞬間、清和は送迎係兼ボディガードを睨《にら》み据《す》えた。どうして連れてきた、と視線で詰《なじ》る。

「姐さんが怖いーっ」

ショウは氷川を守るように追いながら、赤い目で切迫した感情をブチまける。清和とリキ以外、宇治《うじ》や吾郎《ごろう》にイワシやメヒカリなど、剛勇な兵隊たちはショウに同情した。車内で何があったのか、ちゃんと摑《つか》んでいるらしい。銀《ぎん》ダラは労《いたわ》るようにショウを優しく抱擁した。食えよ、とハマチが隣からスモークタンとアーティチョークのピンチョスを盛ったプレートを差しだす。

氷川が清和のズボンのベルトに確かめるように触れた時、どこからともなくヘリコプターのプロペラ音が聞こえてきた。

「……え？　清和くん、ヘリコプター？」

氷川が夜空を見上げると、清和は硬い表情で肯定した。

「ああ」

「……誰？　……前みたいに長江組のヘリコプターじゃないよね？」

こちらに近づいてくると同時に音も大きくなる。

銀ダラやハマチ、メヒカリといった諜報部隊の面々はそれぞれ手にハンカチやナプキンを持ち、ひらひらさせた。

音がますます大きくなり、氷川は耳を手で押さえる。

ライトに照らされた芝生に着地したヘリコプターから降りてきたのは、羽根やリボンがふんだんにあしらわれた帽子を被《かぶ》ったふくよかな女性だった。……否、サメだ。変装していると踏んでいたが、こんな派手な相撲取り体形の女性に化けているとは思っていなかった。

「……あ～らららららら、姐さんまでお迎え要員なの？」

サメはそれらしく手や腰を振ったが、氷川は妙な郷愁に包まれた。僕の知るサメくんだ、と。

「……サメくん……久しぶりに聞いたサメくんのオカマ声……」

「女になりたい気分なの。わかってちょうだい」

ふふふっ、とサメはほくそ笑んだ後、清和に向かって投げキッスを飛ばした。

げっ、と恐怖を漏らしたのはショウや宇治、吾郎といった若手の兵隊たちだ。氷川が縋《すが》りついている清和の体温が急激に下がった。

「……ぼ、僕の清和くん……僕の清和くんの……舐《な》めちゃ駄目っ」

氷川は守るように愛しい男を抱き直し、サメに向かって凄《すご》んだ。今にも飛びかかってきそうな雰囲気だから気が抜けない。

「舐めたりしないわ。咥《くわ》えるだけよ」

ペロリ、とサメは隣に立っていたイワシの頰《ほお》を舐める。

氷川が真っ赤な顔で叫んだ瞬間、銃声が鳴り響いた。

「絶対に駄目ーっ」

ズギューン、ズギューン、ズギューン。

三発、銃声が立て続けに鳴るや否や、サメが声もなく倒れた。血に染まった帽子が風に飛ばされる。

生々しい血の臭《にお》いの中、闘う男たちの声が飛び交う。

「伏せろっ」

「姐さんをっ」

「二代目と姐さんをっ」

「速水俊英《はやみしゅんえい》先生を呼べーっ」

サメの左耳や左胸から夥《おびただ》しい血が流れ続けている。どこにヒットマンが潜んでいるのか不明だが、急所を狙われたことは間違いない。

「ゴッドハンドを呼んでも無理だ。地獄の閻魔《えんま》様に交渉してくれーっ」

「とりあえず、ホームズ先生を連れてこいーっ」

誰が何を言っているのか、氷川はまったくわからなかった。愛しい男の優しい温《ぬく》もりに包まれているはずなのに、業火の刃《やいば》に突き刺されているような気分だ。目の前で倒れたサメはピクリとも動かない。氷川の指も一本たりとも動かない。視界に霧がかかり、微動だにしないサメが運ばれていく。まるで遺体のようだ。

その瞬間、氷川は医師の使命感で正気を取り戻した。

「……あ、僕も医者……お、お、応急処置……」

氷川の言葉は無視され、愛しい男の腕に抱き上げられる。そのままアロマが薫る部屋に入った。レトロなライトが吊るされた下、アジアン調の長椅子《ながいす》にそっと下ろされる。ブラインドと一緒にシャッターが下ろされ、外の風景を確認することはできない。

「飲めるか？」

籐《とう》のワゴンに用意されていたレモネードを差しだされ、氷川は自分を落ち着かせるために飲んだ。

「……せ、清和くん？」

氷川がやっとのことで声を出すと、清和は辛《つら》そうに詫《わ》びた。

「すまない」

「……サ、サメくん？　今のはサメくんだったよ。僕と清和くんがよく知っているサメくんだ」

夢だと思いたいが夢ではない。

サメではないと思いたいがサメ本人だ。

嘘でしょう、と氷川は現実が直視できなかった。サメが被っていた帽子ごと染めた血も本物だ。医師生命にかけ、赤いインクや絵の具ではない。

「怖い思いをさせた」

「……や、いや……サメくん？　速水俊英先生に……速水俊英先生なら……」

日本の誇りと称《たた》えられた天才外科医ならばサメを救えるだろうか。即死だったならば神の手を持つ男でも無理ではないのか。撃たれた場所を考えたら即死だろう。防弾チョッキを着込んでいても無駄だ。

氷川の目から大粒の涙が溢《あふ》れると、清和は苦しそうに言った。

「泣くな」

「……罰ゲームがまだすんでいない……サメくん、僕特製の青汁を一気飲みするまで許さ

ない……戻ってきなさいーっ」

氷川は衝動的に立ち上がり、扉に向かって進もうとした。

けれど、籐の衝立《ついたて》の前で清和に押さえ込まれる。顔つきはいつにもまして険しく、頼りになる諜報部隊長の死を悲しんではない。それどころか、眞鍋組で最も汚いシナリオを書く策士に対する怒りを燃やしている。

「……清和くん、どうしてそんなに祐くんに怒っているの？」

氷川が頬を伝う涙を拭《ぬぐ》いもせずに尋ねると、清和の憮然《ぶぜん》とした面持ちに影が走った。言い当てたのだろう。

「…………」

「僕をここに連れてきたことを怒っている？　それもショウくんじゃなくて祐くんに怒っているの？」

氷川はさらに神経を集中させ、愛しい男が激怒している原因を探った。どうも、サメを狙撃《そげき》した敵は憎んでいない。闘う男として許容しているような気配さえある。

「…………」

「……え？　銀ダラくんにも怒っているの？　どうして？」

氷川の涙に負けたらしく、清和は苦しそうに息を吐いた。

「……泣くな」

想定内のヒットだ、と不夜城の覇者が心の中で答えたような気がした。氷川は驚愕《きょうがく》で顎《あご》をガクガクさせる。

「……い、い、今の……予想していた？　……サメくんはわざと撃たれたの？」

氷川は潤みきった目で清和の頰を両手で闇雲《やみくも》に弄《まさぐ》った。誤魔化されないと、口の重い男を急かす。

「……サメも祐も極道のメンツを軽視した」

極道のメンツ、とは氷川にとってもはや聞き飽きた言葉だ。

「……そ、それで？　……え、サメくんは予想していたからちゃんと防御した？　……あ、だから、あの派手な帽子やウィッグに相撲取りみたいな体形をしていた？　顔も頭も大きかった……あ、顔は正面から狙撃されなかったら無事？　サメくんは顔……眉間《みけん》を狙撃されないように立ち位置に気をつけていたの？　……今のも元長江組構成員？」

氷川が食い入るような目で清和の心情を読み取っていると、籐の衝立が静かに動き、静養中のはずの策士が顔を出した。

「二代目が言った通り、俺もサメもダイアナもヤクザのメンツに重きを置かなかった。その穴埋めみたいなものです」

祐は目の下のクマを押さえつつ、自嘲《じちょう》気味に言った。一見、悔いているように見えるが、食えない策士の本心は謎《なぞ》だ。

「……祐くん？　サメくんは無事だね？」

氷川の涙から目を背けず、祐は肯定するように頷いた。サメの生存は間違いない。

「元長江組構成員、詳しく言えば亡くなった若頭補佐の舎弟たちがサメの命を狙っていることは摑んでいました。平松に化けたサメをヒットしても、仕留められなかったと気づいている奴がいたのです……実際、今日ヒットされるまで、これは未確認でしたが」

秀麗な策士は感情を込めずに明かしたが、どこか呆《あき》れているフシがあった。

亡くなった長江組若頭補佐の一派は、眞鍋組二代目組長ではなくサメをターゲットに選ぶ辺り、今回の大戦争の真相や経緯を正確に把握しているようだ。元若頭補佐は外見に似合わず頭脳派だったから、舎弟も頭の切れる男が揃《そろ》っていたという。

「それでサメくんはわざと隙《すき》を作ったの？」

「姐さんまで出迎え、泣き叫んでくれましたから、残党一派は本物のサメをヒットしたと溜《りゅう》飲《いん》を下げたでしょう。辛い思いをさせて申し訳ありません。この責めは俺がいくらでも」

祐に深々と頭を下げられ、氷川はこの場に導かれた理由がわかった。清和やリキが反対し、ショウが渋っていたことも納得する。

「……た、祐くん……」

氷川に祐を詰る気は毛頭ない。

「二代目や虎には反対されましたが、これ以上、無用な血を流さないためにもサメに一度死んでもらいます。しばらくの間、サメにはバカンスを取らせますからそのつもりで」

「……そ、そうだったのか……」

「大原組長の命令を無視して、平和的な幕引きを図っても、サメや二代目を狙う元長江組の残党一派がいました。なんのメリットもないのにご苦労なことです」

祐は明らかに馬鹿《ばか》にしているが、清和はどこか認めているような雰囲気だ。それが長江だ、極道だ、と。

「……それがヤクザ?」

長江の代紋に込められた男のプライドは凄《すさ》まじい。『長江をナメるな』や『西の男を甘く見るな』という元長江組構成員たちの声が、氷川の耳に木霊したような気がする。親分を殺され、復讐《ふくしゅう》しなかったら極道として終わりだと聞くけれども。

「はい。前も言った記憶がありますが、ヤクザって不思議です」

眞鍋組でビジネスマンに一番近い参謀は、メリットのない意地に命を散らす極道が理解できないらしい。

「サメくんが生きていると知ったらまた危ない?　またヒットマン?　また戦争?」

氷川が至極当然の恐怖を予想すると、祐は伏し目がちに手を振った。

「大原組長とも水面下で交渉し、対策を練っています。姐さんの希望通り、平和的な解決を計画していますからお任せください」

時間稼ぎがしたかった、と祐の目は如実に語っている。

時間が経《た》てばまた状況は変わる。仇討《あだう》ちに心血を注いでいた男の気持ちも変化している確率が高い。極秘に大原組長が動いたならばなおさらだ。

「……も、もう……こんな……」

氷川になんともやるせない悲しみが怒濤《どとう》のように込み上げ、その存在を確かめるように愛しい男の身体《からだ》を強く摑み直す。滝のように流れる涙は止まらない。

「姐さんは姐さんのお役目を果たしてください。我ら一同の望みです」

祐の言葉に呼応するように、リキやショウ、宇治といった精鋭たちがアジアン調のチェストの裏から現れた。全員、無言で一礼する。

「……っ……関《かか》わるな？」

氷川が嗚咽《おえつ》を零しながら言うと、祐は珍しく切なそうな目で首を振った。

「二代目の隣で笑っていてください。それが姐さんの仕事です」

笑えるわけがない、と氷川は喉《のど》まで出かかったが、すんでのところで呑《の》み込《こ》んだ。愛しい男が誰よりも心を痛めているからだ。

「……も、もう……もう……清和くん……こんなことはもう終わり……終わりだ……終わりにしよう……終わりにしようね……ヤクザは終わり……」

氷川は万感の思いを込め、愛しい男に頼んだ。

「すまない」

眞鍋の昇り龍は迷うことなく、最愛の姉さん女房の懇願を拒む。今まで同様、修羅の道を突き進む気だ。

いったいどれだけ血を流せば気がすむのか。

「……ま、眞鍋組は眞鍋寺だ。僕も得度……みんなで供養……ご、ご供養……ご供養ーっ」

氷川は慟哭《どうこく》の渦に呑み込まれ、縋るように愛しい男の広い胸に顔を埋《うず》めた。

それでも、清和の態度はまったく変わらない。不夜城の覇者に命を捧《ささ》げた兵隊たちにしてもそうだ。

もはや、氷川には祈ることしかできなかった。心安らかに深い愛を感じられる日々を願ってやまない。この先、どんな凄絶《せいぜつ》な修羅が待ち構えていようとも、愛しい男と別れる気は少しもないから。

# あとがき

講談社X文庫様では五十二度目ざます。大海にオンボロ小舟で繰りだして、三輪車で帰ってきたような樹生《きふ》かなめざます。

人生はどこでどうなるかわからないと痛感していますが、氷川《ひかわ》と愉快な仲間たちもどこでどうなるか？　一寸先は闇。真っ暗闇ですが、氷川と愉快な仲間たちならばどんな闇も切り開いていくでしょう。これも読者様のおかげです。本当にありがとうございました。

担当様、感謝に感謝に感謝です。

奈良千春《ならちはる》様、感謝に感謝に感謝です。毎回毎回、癖のある話で申し訳ない。頭が上がりません。

読んでくださった方、感謝に感謝に感謝です。

再会できますように。

自転車購入を迷っている樹生かなめ

『龍《りゅう》の頂上《ちょうじょう》、Dr.《ドクター》の愛情《あいじょう》』、いかがでしたか？

樹生《きふ》かなめ先生、イラストの奈良千春《ならちはる》先生への、みなさまのお便りをお待ちしております。

樹生かなめ先生のファンレターのあて先

〒112-8001　東京都文京区音羽2-12-21　講談社　文芸第三出版部「樹生かなめ先生」係

奈良千春先生のファンレターのあて先

〒112-8001　東京都文京区音羽2-12-21　講談社　文芸第三出版部「奈良千春先生」係

N.D.C.913　223p　15cm

樹生かなめ（きふ・かなめ）　講談社X文庫
血液型は菱型。星座はオリオン座。
自分でもどうしてこんなに迷うのかわからない、方向音痴ざます。自分でもどうしてこんなに壊すのかわからない、機械音痴ざます。自分でもどうしてこんなに音感がないのかわからない、音痴ざます。自慢にもなりませんが、ほかにもいろいろとございます。でも、しぶとく生きています。
樹生かなめオフィシャルサイト・ＲＯＳＥ13
http://kanamekifu.in.coocan.jp/

white heart

龍《りゅう》の頂上《ちょうじょう》、Dr.《ドクター》の愛情《あいじょう》

樹生《きふ》かなめ

●
2020年７月３日　第１刷発行

定価はカバーに表示してあります。

発行者――渡瀬昌彦
発行所――株式会社　講談社
東京都文京区音羽2-12-21 〒112-8001
電話　編集　03-5395-3507
販売　03-5395-5817
業務　03-5395-3615
本文印刷―豊国印刷株式会社
製本――株式会社国宝社
カバー印刷―半七写真印刷工業株式会社
本文データ制作―講談社デジタル製作
デザイン―山口　馨



ISBN978-4-06-519688-5